Dat Slott up gollne Pielers

AF198723

Klaus-Peter Asmussen, geboren 1946 in Handewitt, wuchs mit plattdeutscher Muttersprache auf. Nach Abitur am Alten Gymnasium, Flensburg, und sechssemestrigem Studium an der Pädagogischen Hochschule Flensburg trat er in den Schuldienst ein und war zunächst sechs Jahre lang als Grund- und Hauptschullehrer in Dithmarschen tätig. Ab 1976 arbeitete er als Realschullehrer für Englisch und Dänisch in Tarp, Kreis Schleswig-Flensburg, bis er 2010 in den Ruhestand trat. 2007 veröffentlichte er bei BoD – Books on Demand „Planten un Blomen" ein „Wörterbuch schleswig-holsteinischer Pflanzennamen" (ISBN 978-3-8334-8589-3). Seit 2005 befasst er sich mit dem Übertragen von Märchen unterschiedlichster Provenienz in die plattdeutsche Kultur. Klaus-Peter Asmussen wohnt heute in seinem Geburtshaus in Langberg, Gemeinde Handewitt.

Klaus-Peter Asmussen

Dat Slott up gollne Pielers

un anner Märkens,

nü vertellt up Sleswigsche Geestplatt

Märkens up Platt #4

© 2018 Klaus-Peter Asmussen
Herstellung und Verlag:
BoD – Books on Demand, Norderstedt
ISBN 9783746065526

Wat in düt Book in steiht

Dat Slott up gollne Pielers 7
Dat Slott ünner de Eerde 18
Dat Luftslott 23
De Dood sin Slott 27
De düchtige Königssoehn 30
Dree Königskinner 42
Dat Düvelsslott 48
De arme Jung, de Düvel un de gollne Borg 54
Dat verhexte Slott 61
Dat Kattenslott 67
De verwünschte Königsdöchter 69
Dat gollne Slott 74
De Königssoehn 80
Dat smucke Slott oosten de Sünn un
            noorden de Eerde................................. 83
De Königsdochter in de Flammenborg 96
Dat verwünschte Slott 99
De Königsdochter, de allens süht 104
De Prinzessin in't Sarg 108
De Slottsjumfer 124
Dat Soria-Moria-Slott 129

Dat Slott up gollne Pielers

Dar is mal en Katenmann we'n, de hett mit sin Oolsch wied, wied in't Holt wahnt. Twee Kinner hett he hatt, en Jung un en Deern. Un he is bannig arm we'n, en Koh un en Kater, mehr hett he nich hatt.

De Katenmann un sin Oolsch, de hebben sik ümmerto in'e Wull hatt, un een Deel kunnst di to verlaten: Wenn de Ole dat eene wullt hett, denn so hett de Oolsch dat anner wullt. Mal hett de Oolsch to Avendköst Grütt kaakt, un as de ferdig is un elkeen hett sin Deel kregen, do will de Ole noch de Putt utschrapen. Man dat will de Oolsch afsluut nich hebben, se seggt, dat kümmt keen anner to as ehr un schrapen de Putt ut. Do kriegen se sik wedder in'e Wull, un keen will de anner nageven. Toletzt kriggt de Oolsch de Putt faat samt de Lepel un löppt dar weg mit. Un de Katenmann kriggt de Sleef faat un springt achterher. Sodennig geiht dat dör Holt un Feld, de Oolsch vörweg, de Ole achterher. Man wokeen de Putt to Utschrapen kregen hett, dar is nix vun vertellt wurrn.

Sodennig vergeiht en ganze Tied, un vun de beide Olen is nix to vernehmen, un do weeten de Kinner sik keen anner Raat, se woe'n rut in'e Welt un söken se's Glück elkeen för sik. Un sodennig maken se af, se woe'n dat Arv deelen. Man as dat so geiht, dat is nich so licht to, denn dar is anners nix to deelen as en Koh un en Kater, un elkeen will de Koh hebben. As de beiden nu beraatslaan, wodennig se dat anstellen schoe'n, do geiht de Kater hen na de Katendeern un strickt um ehr rum, rifft sik an ehr Kneen un miaut: „Nimm mi! Nimm mi!" Un as nu de Jung nich aflaten will vun'e Koh, do gifft de Deern na un lett

7

sik dat nugg we'n mit de Kater. Un denn gahn Broder un Süster vun'een. De Jung nimmt de Koh un treckt afste'. Man de Deern un de Kater gahn de Stieg dör't Holt, un vun se's Reis heff ik nix hört, bet se sünd an en grote, prachtvulle Königshoff kamen mit en Masse Land umto.

As de beide Reismackers in'e Neegde vun'e smucke Königshoff kamen, do fangt de Kater upmal an un snacken mit de Deern un seggt, wenn se nu man doon will na sin Raat, denn so schall ehr dat Glück bringen. De Deern hollt grote Stücken up'e Klook vun ehr Macker, un do seggt se, se will doon, wat he ehr seggt.

Do seggt de Kater, se schall ehr ole Tüüg nehmen un up en hoge Boom klarrn. He will denn hengahn na de Königshoff un will seggen, dar is en Königsdochter, de is oeverfullen wurrn vun Rövers, un de hebben ehr allens wegnahmen, uck ehr Tüüg. De Katendeern deit dat, se treckt ehr ole Plünnen an un klarrt rup up'e Boom. Denn löppt de Kater afste'. Man de Deern luert vull Bangen, wat dar woll bi rutsuern mag.

As de König vun dat dare Land hört, en frömde Prinzessin hett so'n Noot un so'n Gewalt lieden musst, do deit em dat bannig leed, un he schickt sin Deeners hen, se schoe'n ehr to Gast laden. Do kriggt de Deern rieklich Tüüg un allens, wat se anners noch bruukt, un denn geiht se mit de König sin Lüüd mit. As se nu na de Königshoff kümmt, do sünd se all verbaast, so smuck as se is un so fein as se sik benehmen deit, an meisten de Königssoehn. De verkickt sik sodennig in ehr, he will gar nich mehr ahn ehr leven. Man de Königin markt Müüs un fraagt, wonem de smucke

8

Prinzessin ehr Königshoff hett. Do seggt de Deern, so as de Kater ehr dat vörsnackt hett, se wahnt wied, wied weg up en Slott, dat heet Kattenborg.

Man dat langt de ole Königin nich, se sett sik dat in'e Kopp, se will rutkriegen, um de frömde Prinzessin würklich is en Königsdochter.

Mit so'n Gedanken geiht se an'e Avend na de Kamer un maakt dat Bett t'recht för de Katendeern mit weeke Siedenmadratzen, man ünner dat Laken, dar leggt se en Bohn hen. Se denkt, wenn se würklich is en Prinzessin, denn so mutt se dat marken. Denn bringen se de Deern mit grote Ehren na de Slaapkamer rin.

Man de Kater ward dat wies, wat de Oolsch vörhett, un he seggt de Deern Bescheed. An'e neegste Morrn kümmt de Königin denn rin un fraagt, wodennig ehr Gast slapen hett. Do seggt de Deern, so as de Kater ehr dat vörsnackt hett, se hett woll slapen, seggt se, denn se is so möö' we'n vun'e Reis. Man se hett dat doch markt, ünner ehr, dar is en grote Barg we'n. Do hett se doch arig wat beter slapen in ehr Bett up Kattenborg.

Na, denkt de Königin, denn mutt se doch bannig vörnehm baren we'n, man se will doch nochmal sehn, um dat uck wahr is.

De neegste Avend geiht de Königin wedder in de Kamer un maakt dat Bett t'recht för de Katendeern mit weeke Siedenmadratzen, un ünner de eerste Madratz, dar leggt se en paar Arften hen. Se denkt, wenn se würklich is en Königsdochter, denn so markt se dat wiss. Denn bringen se de Deern mit grote Ehren na ehr Slaapkamer. Man de Kater ward dat wedder wies un seggt de Deern Bescheed. De neegste Morrn kümmt de Königin wedder un fraagt ehr Gast, wodennig se slapen hett. De Deern seggt, so as de Kater ehr dat vörsnackt hett, slapen hett se, denn se is bannig möö' we'n, man se hett dat doch föhlt, se hett grote Steens ünner sik hatt. Do hett se doch arig wat beter slapen in ehr Bett up Kattenborg. Do hett de Deern de dare Proov ja uck guut bestahn. Man de ole Königin is noch nich tofreden, se will nochmal versöken un kriegen dat rut, um de frömde Deern würklich so vörnehm is, as se seggen deit.

An'e drütte Avend geiht de Königin wedder in de Kamer, maakt dat Bett t'recht för de Katendeern mit weeke Siedenmadratzen, un ünner de tweete Madratz, dar leggt se en Strohhalm hen. Wenn dat en Königsdochter is, denkt se, denn mutt se dat woll marken. Denn ward de Deern mit grote Ehren na de Slaapkamer bröcht. Man de Kater is dat wedder wies wurrn, wat de Königin vörhett, un wahrschuut de Deern. An'e Morrn kümmt de Königin rin un fraagt ehr Gast, wodennig se slapen hett. De Deern antert, so as de Kater ehr dat vörsnackt hett, slapen hett se woll, se is bannig möö' we'n, man se hett dat doch föhlt, se hett en grote Boom ünner sik hatt. Do hett ehr dat doch arig wat beter gahn in ehr Bett up Kattenborg. Do süht de Königin, up de Aart kriggt se de Wahrheit nie nich rut, un se denkt, se will man uppassen, wodennig de Deern sik in all dat anner hett.

De neegste Dag schickt de Königin ehr en smucke Rock, de is mit Sied stickt un hett en lange, lange Slep, so as vörnehme Fruunslüüd dat hebben. De Katendeern bedankt sik un denkt sik wieder nix. Man de Kater is darbi, un he stött de Deern dar up, dat de Oolsch ehr wedder up'e Proov stellen will. Na en Tied fraagt de Königin de Deern, um se nich will mit ehr spazeren gahn. Ja, dat will se noch, un do gahn se to Stadt. Dar kamen se in en Park, un de Hoffdamen passen bannig up, dat se jo se's Rocksoom nich schietig maken, denn dat hett regent de Nacht. Man de frömde Deern kehrt sik dar nich an, se geiht liekto, eendoont, um ehr lange, lange Kleed up'e Eerde slepen deit.

Do seggt de Königin to ehr, se schall doch man up ehr Rock uppassen. Do seggt de Katendeern heel grootsnutig, um se dar denn keen anner Tüüg hebben as dat. Se hett vel smuckere Tüüg hatt up ehr Slott in Kattenborg, seggt se. Do mutt de Königin ja denken, se is dat nich anners wennt, as gahn in sieden Tüüg, un meent, denn so mutt se ja en Königsdochter we'n. Un do hett se dar nix mehr gegen, dat ehr Soehn um ehr frien deit, un de Katendeern seggt upletzt uck ja, se will em hebben.

Mal sitten de Prinz un sin Leevste tosamen un snacken. Do kickt de Deern ut't Finster, un do süht se, ehr Vadder un Mudder kamen ut't Holt lapen, de Oolsch vöran mit'e Putt un de Ole achterher mit'e Sleef. Do kann se nich anners, se lacht luut up. De Prinz fraagt, warum se so lachen deit, un do seggt se, so as de Kater ehr dat bibröcht hett, se mutt doch bannig lachen, wenn se dar an denkt, sin Slott steiht up Steenpielers, man ehr, dat steiht up gollne Pielers. As de Prinz dat hört, do wunnert he sik bannig un seggt, ümmerto denkt se an de smucke Kattenborg, un vellicht hett se dat dar ja uck allens beter un smucker hatt, as dat dar bi se is. Se woe'n man lostrecken, seggt he, un hen na ehr smucke Königsslott, mag dat uck noch so wied weg we'n. Do ward de Katendeern so leeg topass, se much meist in de Eerde sacken, denn se weet ja, se hett keen Hoff, un al gar keen Slott. Man dat helpt ja nix. Se lett sik nix anmarken, se seggt se will sik dat mal oeverleggen, wat för'n Dag se an besten afreisen koenen.

As de Deern denn alleen is, do kriggt se eerstmal dat grote Blarrn, se denkt an de Schimp un Schann, de oever ehr kamen mutt, wo se doch so'n falsche Beest we'n is. Man do kümmt de slaue Kater dar rin un fraagt ehr, warum se so trurig is. Se schall woll trurig we'n, seggt se, de Königssoehn will, se schoe'n na Kattenborg fahren. Dat hett se nu darvun, dat se up em hört hett. Man de Kater seggt, se schall man de Kopp nich hängen laten, he will dat woll t'rechtkriegen, dat dat beter utlöppt, as se nu denkt. Se schall man tosehn, dat se afste' kamen, je ehrer, je beter.

Se hett ja al faken belevt, wo klook as de Kater is, un do deit se, wat he seggt hett. Man dütmal is se heel benaut, se denkt ja, mit ehr Fahrt, dat mutt up Schiet utlopen.

Morrns tiedig lett de Königssoehn Wagens un Kutschers un allens tostellen, wat nödig is för de Fahrt na Kattenborg. Denn fahrt de Tog af. De Prinz un sin Bruut fahren vörup in en vergold'te Kutsch, en Barg Ridders un junge Lüüd kamen mit, un de Kater springt vörut un wiest de Weg, so hett he dat hebben wullt.

Se sünd en Tiedlang reist, do süht de Kater wecke Schäpers mit en grote Flock smucke Schaap. Do geiht he hen na de Schäpers un bütt se fründlich gu'n Dag. Wenn de Königssoehn vörbikümmt, seggt he, un fraagt, wokeen de dare smucke Schaap tohören doon, denn so schoe'n se seggen, de hören de junge Prinzessin vun Kattenborg, de blangen em sitten deit. Wenn se dat doon, seggt he, denn so schall dat se's Schaden nich we'n, man doon se dat nich, denn will he se all in Stücken rieten. Do warrn de Schäpers bang' un seggen em to, se woen dat doon, so as he seggt hett. Un de Kater löppt wieder vörut. Na en Tied kümmt denn de Königssoehn mit sin Lüüd anfahren. As he do de feine Schaap süht, lett he anhollen un fraagt de Schäpers, wokeen de dare smucke Flock tohören deit. Do seggen de Schäpers, so as de Kater se dat vörsnackt hett, de dare Schaap, de hören de junge Prinzessin up Kattenborg, de dar blangen em sitten deit. Do wunnert de Königssoehn sik un denkt, sin Bruut mutt woll en rieke Prinzessin we'n. Man de Katendeern freut sik un denkt, se hett nich dat Leegste kregen, as se dat Arv deelt hett mit ehr Broder.

Se reisen nu wieder, un de Kater löppt vörut as ümmer. As se en Tiedlang fahrt sünd, do kamen se na en Flock Lüüd, de sünd up en feine Wisch togangen un fahren Heu in. Do geiht de Kater hen, bütt se fründlich „Gu'n Dag" un seggt, wenn de Königssoehn dar langskümmt un fraagt, wokeen de dare feine Wisch tohören deit, denn so schoe'n se seggen, de hört de junge Prinzessin up Kattenborg, de dar blangen em sitten deit. Wenn se dat doon, denn so schall dat se's Schaden nich we'n, man doon se dat nich, denn so will he se in dusend Stücken rieten. Do warrn de Lüüd bang' un seggen de Kater to, se woe'n doon, wat he se heeten hett. Un de Kater löppt wieder. Na en Tied kümmt de Königssoehn dar anfahren mit all sin Lüüd. As he de feine Wischen süht un all de Lüüd, do lett he anhollen un fraagt, wokeen dat Land tohören deit. Do seggen de Lüüd, so as de

Kater se dat seggt hett, dat hört de junge Prinzessin up Kattenborg to, de dar blangen em sitten deit. Do wunnert de Königssoehn sik noch duller un meent, sin Bruut mutt oever de Maten riek we'n, wenn se so'n feine Wischen hett.

Se reisen nu wieder, un de Kater löppt vörut as ümmer. As se en Tiedlang fahrt sünd, do kamen se an en grote Ackerstück, dar wimmelt dat up vun Mannslüüd un Fruunslüüd, de sünd bi un meihn un binnen dat Koorn. Do geiht de Kater hen na de Meihers, bütt se „Gu'n Dag" un seggt, glieks kümmt de Königssoehn dar langfahren, un denn ward he sachs fragen, wokeen de dare grote Koornfeller tohören, un denn schoe'n se seggen, de hören de Prinzessin up Kattenborg, de blangen em sitten deit. Doon se dat, denn so schall dat se's Schaden nich we'n, man doon se dat nich, denn so will he se in so'n lütte Stücken rieten as de Bläder, wenn de in'e Harvst an'e Grund liggen. As de Meihers dat hören, do warrn se düchtig bang' un seggen de Kater to, se woe'n dat doon, wat he se heeten hett. Un de Kater löppt wieder vörut. Na en Tied kümmt de Königssoehn mit all sin Lüüd anfahren. As de de grote Koornfeller wies ward, do lett he anhollen un fraagt, wokeen dat dare feine Ackerland tohören deit. Do seggen de Meihers, so as de Kater se dat seggt hett, de dare Koornfeller, de hören de junge Prinzessin up Kattenborg, de dar blangen em sitten deit. Do freut de Königssoehn sik bannig, man de Katendeern weet nich, wat se dar vun denken schall, wat ehr allens bemött is up'e Reis.

Dat is nu laat an'e Avend, un de Prinz hollt an mit sin Lüüd, se woe'n de Nacht utruhn. Man de Kater nich, de löppt ümmer vörföötsch wieder, bet he en

14

smucke Slott up Sicht kriggt mit Toorn un Muern, dat steiht up gollne Pielers. Dat dare feine Slott hört en wille Ries to, de hett to seggen oever dat heele Land. Man de Ries is nich to Huus. Do geiht de Kater dar rin dör dat Door un maakt sik to en grote, dicke Swattbroot. Denn leggt he sik vör dat Sloetellock un luert, de Ries schall na Huus kamen.

Fröhmorrns, ehrer dat schummern ward, kümmt de gresige Ries langsam ut't Holt andraven. He is so groot un swaar, de Eerde bevt ünner em, wenn he geiht. As he an't Slottsdoor kümmt, kann he dat nich upmaken, dar liggt ja dat grote Swattbroot vör't Sloetellock. Do ward he dull un röppt: „Sluut up! Sluut up!" De Kater seggt, he schall man en beten töven, he will eerst vertellen, wat he belevt hett.

Toeerst hebben se em kned't, seggt de Kater, sodennig hebben se em dootkneden kunnt.

„Sluut up! Sluut up!" bölkt de Ries wedder. De Kater seggt so as vördem, he schall man en beten töven, he will eerst vertellen, wat he belevt hett.

Toeerst hebben se em kned't, seggt de Kater, sodennig hebben se em dootkneden kunnt. Denn hebben se em mit Mehl bestreut, sodennig hebben se em mit Mehl dootstreuen kunnt.

„Sluut up! Sluut up!" bölkt de Ries füünsch. De Kater seggt wedder, he schall man en beten töven, he will eerst vertellen, wat he belevt hett.

Toeerst hebben se em kned't, seggt he, sodennig hebben se em dootkneden kunnt. Denn hebben se em mit Mehl bestreut, sodennig hebben se em mit Mehl dootstreuen kunnt. Denn hebben se em up en Spitt staken, sodennig hebben se em dootsteken kunnt.

Nu ward de Ries splitterndull, un he bölkt, dat de heele Borg bevert: „Sluut up! Sluut up!" Man de Kater lett sik nich stören, he seggt wedder, he schall man en beten töven, he will eerst vertellen, wat he belevt hett.

Toeerst hebben se em kned't, seggt he, sodennig hebben se em dootkneden kunnt. Denn hebben se em mit Mehl bestreut, sodennig hebben se em mit Mehl dootstreuen kunnt. Denn hebben se em up en Spitt staken, sodennig hebben se em dootsteken kunnt. Denn hebben se em backt, sodennig hebben se em dootbacken kunnt.

Do kriggt de Ries dat mit de Angst, un he bedelt woll so fein: „Sluut up! Sluut up!" Man dat helpt em nich. Dat Swattbroot liggt vör dat Sloetellock as vördem. In desülve Ogenblick röppt de Kater, de smucke Jumfer ritt al an'e Heben tohööcht. De Ries dreiht sik um, un do geiht de Sünn up oever dat Holt. Un as de Ries de Sünn süht, do fallt he achtern oever un basst uteneen, un darmit is dat to Enne mit em.

Nu maakt dat Swattbroot sik wedder to en Kater, un he süht to un maken allens t'recht för sin Gäste. Na en Tied kümmt de Königssoehn anfahren mit sin Bruut un all sin Lüüd. De Kater geiht se in'e Mööt un heet se up Kattenborg willkamen. Se warrn dar up't beste upnahmen, un dat fehlt nich an Natt noch Dröög noch an anners wat. Dat smucke Slott is vull mit Gold, Sülver un allerhand kostbare Kraam, sowat hett keeneen vörher oder achterher sehn. Nich lang', denn maakt de Königssoehn Hochtied mit de smucke Deern, un all, de ehr Riekdoom sehn, denken, se hett ganz recht hatt un seggen, up ehr Slott up Kattenborg hett se dat heel anners hatt. Un do

16

leven de Königssoehn un de Katendeern glücklich lange, lange Jahren tosamen.

Wat ut de Kater wurrn is, dar heff ik nix vun hört. Man een Deel lett sik woll denken: Noot hett de nich lieden musst. Un sodennig kann ik nu nix mehr vertellen.

Dat Slott ünner de Eerde

Dar hett mal en Slott stahn ünner de Eerde, dat is jüst so we'n as vundaag de Sloet baven de Eerde. Bi dat Slott is en Gaarn we'n, un in'e Eck vun'e Gaarn en Trepp na baven. In dat Slott hett en König wahnt, un de hett en Barg Navers hatt, dar is een de König Blaubaart vun we'n.

Mal kümmt de König Blaubaart roever un seggt to sin Naver, bi twölf Jahr, denn is de sin Dochter ja groot, un denn so schall se em un sin Slott upböhren. De Königsdochter ward in de twölf Jahr denn ja uck groot, un do kümmt de König Blaubaart wedder roever un seggt, de Naver schall em doch vunnacht sin Dochter roeverschicken, denn so ward se erlöst un he sülven mit. Do schickt de König sin Dochter roever na Blaubaart sin Slott, se schall de Nacht dar blieven.

König Blaubaart bringt ehr na en Kamer, dar sünd en paar Betten t'rechtmaakt, un he seggt to ehr, wenn se de Nacht un denn noch twee Nachten dar tobringen deit, denn so warrn he un se neeg mit'nanner verwandt. Denn geiht he rut, un de Deern leggt sik to Bett. Man kort vör de Hahn kreiht, do kümmt dar een rin, de hett Keden umhängen, un de dare Keden rasseln un kloetern. He smitt de Keden af un leggt sik dal, un in'e Slaap hiemt he as dull. De Hahn fangt an un sleit mit de Flünken un will jüst kreih'n, do steiht de anner up vun't Bett, hängt sik de Keden wedder um un geiht rut.

An'e Morrn kümmt de Herr vun't Slott mit sin Fruu na de Prinzessin rin, un se freuen sik, un se seggen to ehr, se schall man blots noch twee Nachten bi se slapen, denn so stiegen se rut ut'e Eerde. Dat will se

18

uck woll doon, man bi Dag will se doch geern na ehr Vadder un Mudder roevergahn. Do gifft de König ehr Verlööv, man he wahrschuut ehr, wenn ehr Mudder ehr wat mitgeven will, denn so schall se dat nich annehmen un dar mit henbringen.

As de Deern to Huus ankümmt, do will ehr Mudder ja hören, wat dat vun't anner Slott to vertellen gifft. Och, seggt de Deern, dat kunn ja allens guut we'n, se kriggt nugg to eten un to drinken, man bi Nacht, denn kümmt dar een rin bi ehr, de hett Keden um-hängen, un he smitt de Keden af un leggt sik dal un slöppt. Do fraagt ehr Mudder, um se denn nich hett Licht, dat se sehn kann, wokeen dat is. Nee, seggt se, Licht hett se nich. Denn will se ehr en Licht un we-cke Rietsticken mitgeven, seggt de Oolsch. Nee, seggt de Deern, de König Blaubaart hett ehr dat ver-baden un nehmen wat an vun ehr, un se nimmt dat Licht un de Rietsticken nich.

As se wedder roeverkümmt na Blaubaart sin Slott, do sünd dar wedder de Betten maakt un allens is frisch betrocken. Un de König un de Königin seggen, se schall man noch de Nacht dar tobringen, denn so stiegen se rut ut de Eerde. Dat ward Nacht, un se leggt sik to Bett. Un wedder, nich lang' ehrer de Hahn kreiht, do kümmt de anner rin na ehr un kloe-tert un rasselt mit sin Keden. He smitt de Keden af un leggt sik möö' un matt dal un hiemt in'e Slaap. Man as de Hahn mit de Flünken sleit un will jüst kreih'n, do kümmt he wedder hooch, hängt sik de Keden um un geiht rut.

As de König un de Königin an'e Morrn upstahn sünd, do gahn se na de Prinzessin, snacken fründlich mit ehr un seggen, se schall blots noch een Nacht dar slapen, denn is se erlöst un kriggt ehr Lohn för allens. De Prinzessin will ja geern wedder na Huus na ehr Vadder un Mudder. Do seggt de König, dat sünd nu all acht Mielen na dat Slott vun ehr Vadder un Mudder, se stiegen al tohööcht. Man se geiht doch na Huus, un dütmal denkt König Blaubaart dar nich an un prenten ehr in, dat se nix vun ehr Mudder annehmen schall. To Huus fraagt ehr Mudder denn, wodennig dat geiht bi Blaubaart. Oh, seggt se, dat geiht guut, blots dat gefallt ehr nich, dat se nich weeten deit, wokeen dar bi Nacht in Keden na ehr rinkümmt un bi ehr in de Kamer slöppt. Do seggt ehr Mudder, se schall man Licht un Rietsticken mitnehmen, un wenn he bi ehr rinkümmt, denn so schall se dat Licht anfengen un kieken, wokeen dat is. Do nimmt se richtig dat Licht un de Rietsticken mit.

An'e Avend, se hett sik jüst dalleggt, do kümmt de mit de Keden wedder rin un nimmt de Keden af. Gau strickt se en Rietsticken an, man do smitt de anner sik uck al wedder de Keden um un suust af mit Hulen un Stormbrusen. Un dat ward een Schrie'n in't Slott, se hett se all in't Unglück bröcht, mutt se hören. Un denn is allens still. De Prinzessin töövt, de König un de Königin schoe'n kamen, man de kamen nich. Se luert, dat schall Dag warrn, man Dag ward dat nich. In ewige Nacht tüffelt se dör all de Kamern un finnt keen Utgang un kriggt nich een Minsch to sehn. Sodennig biestert se en heele Jahr dar rum, ehr Tüüg hängt ehr in Plünnen vun't Liev, un de Gramm tehrt an ehr as en böse Süük, wiel dat dar keen Minschenseel na ehr henkümmt.

Do ward se mal in'e Wand en lüerlütte Finster wies, dat is so lütt, dar kann vellicht jüst en Lünk rin- un rutfleegen. Se reckt sik up'e Tehns, un do ward se dör dat Finster en Diek wies, de reckt bet an de Muer, un dar sünd twee Fischers bi un fischen un snacken tosamen. Un de eene seggt, wenn de Deern nu wedder rumgahn dä, denn so wurr se en Koek finnen, un in'e Koek en Oolsch, de raakt dat Füer. Un wenn se denn man seggen wull, de Oolsch schull sik dalleggen un sik utruhn, se will so lang' dat Füer raken, un wenn de Oolsch slöppt, denn schull se man de Oolsch dootmaken un dat Füer utmaken. De Prinzessin hett dat ja allens mit anhört, un do geiht se los, un se kümmt na de Koek, un do seggt se to de Oolsch, de dar richtig an't Füer sitten deit, se schall sik man dalleggen un slapen, se will wieldes dat Füer raken. Un do leggt de Oolsch sik dal un slöppt, un de Prinzessin haut ehr doot un maakt dat Füer ut.

Do stiggt dat Slott rut ut de Eerde, un allens in't Slott juchheit un söcht na de Prinzessin. Man de ward bang', se denkt, ehr ward dat leeg gahn vun wegen de Oolsch, de se dootmaakt hett, un do verstickt se sik in de Koek. Man do kümmt de Keerl na de Koek rin, de domals bi Nacht na ehr in de Kamer kamen is un sik dalleggt hett, un dat is de Soehn vun König Blaubaart, un dat is en smucke Jungkeerl. So lang' as dat Slott verhext we'n is, hett he sik de Keden umhängen musst un hett fröh morrns, wenn de Hahn kreiht, ut de Eerde tohööchtstiegen un mit de Keden dör Feld un Holt wannern musst.

Nu geiht he mit de Prinzessin na sin Vadder un Mudder un seggt, dat is allens blots passeert, wiel sin Leevste up ehr Mudder hört un dat Licht mitbröcht hett. Harr se nich up ehr Mudder hört, denn so weern se al ehrer ut de Eerde rutkamen. Man up de Aart hett se Noot un Elend lieden mußt, ehr Tüüg is an ehr Liev to Plünnen wurrn un en heele Jahr hett se in de Kamern rumwannern mußt. Man nu is se sin Leevste, un dör ehr hebben se all wedder Licht un Freud kregen. Do seggt de Prinzessin, se will nich Licht un nich Freud, se will wedder na ehr Vadder un Mudder. Man do seggen se all, so lang' as de Sünn noch upgahn deit oever de Eerde, so lang' kümmt keeneen vun dar na ehr Tohuus, un weer dat uck en Vagel. Ehr Vadder un Mudder süht sie nie nich wedder. Do blifft de Prinzessin bi König Blaubaart un ward de Prinz sin Fruu, un de König schenkt de beiden sin halve Riek un seggt, se schoe'n leven un regeern as he. Se woe'n man ümmer Gott un de Prinzessin danken, seggt he, dat se se erlöst hett. Un do warrn se Mann un Fruu un leven glücklich tohopen bet se dootblieven.

22

Dat Luftslott

Dar is mal en König we'n, de hett dree Soehns hatt un een Dochter, un de Deern hett he inspunnt holen un wahrt as sin Oogappel. As de Deern nu groot wurrn is, do fraagt se een Avend mal ehr Vadder, um se nich dörf mit ehr Bröder en beten vör dat Slott spazeern gahn, un ehr Vadder seggt dar „Ja" to. Man se sünd man knapp buten, do kümmt dar en Draak anflagen, de kriggt de Deern faat un slept ehr rup in'e Wulken. Ehr Bröder denn ja so gau as't geiht na se's Vadder lapen un em vertellt, wat dar passeert is, un se woe'n foorts afste' un söken se's Süster. Dar is de König mit inverstahn, un do kriggt elkeen vun se en Perd un allens, wat dar nödig is to de Reis, un denn trecken se afste'.

Se sünd al lang' ünnerwegens, do kamen se an en Slott, dat steiht nich an'e Heven un nich up'e Eerde, dat is in de Luft buut. Se rieden neeger ran, un do warrn se denken, um dar nich vellicht se's Süster in is, un se raatslaan, wodennig se dar rup kamen koenen. Na lange Nadenken, Oeverleggen un Besnacken warrn se sik denn eenig, se woe'n een vun se's Perde slachten, un ut'e Huut, dar woe'n se en Reem snieden. An't Enne vun de dare Reem, dar woe'n se denn en Piel fastmaken, un dar woe'n se denn mit na dat Slott schöten, un wenn de denn dar steken blifft, denn woe'n se an'e Reem rupklarrn.

Do schall de öllste Broder sin Perd slachten, man dat will he nich. De tweete seggt uck „Nee", un do maakt de jüngste denn sin Perd doot, maakt en Reem ut'e Huut, binnt de an en Piel un schütt dar na dat Slott mit. Nu schall dar een an hoochklarrn. Man de öllste will wedder nich, un de tweete uck nich, blots de

23

jüngste, de deit dat. As he denn baven is, do geiht he dör all de Stuven, een na de anner, un do kümmt he toletzt in en Kamer, dar kriggt he sin Süster up Sicht. Se sitt dar, un de Draak hett sin Kopp up ehr Schoot leggt un slöppt. As se ehr Broder wies ward, do verfehrt se sik un seggt, he schall man blots to-seh'n un kamen weg, ehrer de Draak waak ward. Man he kehrt sik dar nich an, he kriggt sin Küül faat, haalt ut un ballert de Draak een an'e Doez. Man de Draak, halv in Slaap, langt blots mal na de Stä' hen un seggt, dar bitt em wat. Do neiht de Prinz em nochmal een an'e Dassel, man de Draak seggt wedder blots, dar bitt em wat. De Prinz haalt noch mal ut, un do wiest sin Süster em mit de Hand de rechte Stä', un as he de Draak dar mit de Küül dra-pen deit, do is de foorts doot, un de Prinzessin smitt em dal vun ehr Schoot un springt up un fallt ehr Broder um'e Hals. Un denn kriggt se em an'e Hand tofaten un geiht mit em dör all de Stuven.

Eerst, do kamen se in en Stuuv, dar steiht en swatte Perd an'e Krüff anbunnen, dat hett Geschirr vun idel Sülver. Denn geiht se mit em in en anner Stuuv, dar steiht en witte Perd an'e Krüff anbunnen, dat hett Geschirr vun idel Gold. Un in'e drütte Stuuv, dar steiht en griese Perd mit Geschirr, dat is besett mit Eddelsteens. Vun dar geiht se mit em in en Kamer, dar sitt en Deern mit en gollne Stickrahmen, de stickt mit gollne Fadens. Denn gahn se wieder in en Kamer, dar sitt wedder en Deern, de spinnt gollne Fadens. Un toletzt kamen se in en Kamer, dar sitt noch en Deern, de treckt smucke Parlen up, un vör ehr, dar sitt en gollne Hehn mit ehr Kükens, de pi-cken Parlen ut en gollne Fatt.

As se sik dat allens ankeken hebben, do geiht de Deern noch mal t'rügg in de Stuuv, 'nem de dode Draak liggen deit, un do treckt se 'n rut un smitt 'n dal up'e Eerde. Ehr Bröder dar nedden, de beswiemen meist, so gresig süht dat Beest ut. Un denn fiert de jüngste Broder eerst se's Süster dal un denn de dree Deerns, een na de anner, un elkeen mit ehr Arbeit. Un as he se so dalfiern deit, do denkt he bi sik, wokeen vun se de eene un de anner hebben schall, man as de drütte an'e Reeg is, de mit de Hehn un de Kükens, do denkt he, de schall sin warrn.

Man sin Bröder sünd afgünstig, dat he is so'n Keerl we'n un hett se's Süster funnen un hett ehr frie maakt, un do snieden se de Reem af, dat he nich dal kann. Un denn staffeern se en Schäper – de sünd se dar bemött mit sin Schaap – de staffeern se ut un nehmen em mit na Huus statts de Broder. Un to de Deerns seggen se, se schoe'n jo un jo nix naseggen.

Na en Tied, do kriggt de jüngste Broder – de is ja dar in dat Luftslott bleven – do kriggt de to hören, sin Bröder un de dare Schäper woe'n sik verheiraden mit de dare Deerns. De Dag, as de öllste Broder Hochtied maken will, do stiggt he up dat swatte Perd, un jüst as de Hochtiedslüüd ut'e Kirch kamen, to flüggt he merrn mang se un neiht de Brüdigam mit de Küül en lütte een up'e Puckel, dat de foorts vun't Perd fallt, un denn flüggt he wedder t'rügg na dat Slott. As he to weeten kriggt, de tweete Broder will Hochtied maken, do kümmt he anflagen up'e Schimmel, jüst as se ut'e Kirch kamen, un he haut de Brüdigam en lütte een up'e Schuller, dat de foorts vun't Perd fallt, un denn maakt he wedder, dat he wegkümmt.

Man as he denn hört, de Schäper will Hochtied maken mit *sin* Deern, do sett he sik up'e Griese un flüggt dal, jüst as de Hochtiedslüüd ut'e Kirch kamen, un do neiht he de Brüdigam so een an'e Doez, dat de foorts dalfallt un is doot. Man dütmal neiht he nich ut, he blifft dar un verklookfiedelt se dat, dat *he* de König sin jüngste Soehn is un nich de dare Schäper. Un he vertellt, wodennig sin Bröder vör Afgunst em t'rügglaten hebben in dat dare Slott, 'nem he hett se's Süster funnen un hett de Draak dootmaakt. Un de Süster un de dree Deerns seggen ja, dat stimmt. Do ward de König dull up sin beide öllste Soehns un jaagt se weg. Man de jüngste, de kriggt sin Deern to Fruu, un as de ole König dootblifft, do arvt he dat Riek.

De Dood sin Slott

Dar is mal en arme Mann we'n, de hett en Barg Kinner hatt un darum uck en Barg Vadderr.. Do kriggt sin Fruu up sin ole Daag nochmal en lütte Jung. Nu weet he nich, wokeen he beden schall un stahn Vadder. Do seggt sin Fruu, he schall man de eerste beste nehmen, de em vör de Dör up'e Straat in'e Mööt kümmt. Do geiht de Mann fröh morrns rut, de Sünn will man jüst upgahn, un geiht up un dal up'e Straat. Do kümmt dar en lütte, griese Mann an, de süht heel fründlich ut un fraagt em, warum he al so fröh is in'e Beens. He söcht een, seggt he, de Vadder stahn will bi sin Kind, um he em nich will de Gefallen doon. Ja, geern, seggt de lütte Mann, he schall em man seggen, wannehr de Dööp we'n schall. Foorts de neegste Morrn, wenn't recht is, seggt de Arme. Ja, seggt de lütte Mann, is guud, denn hett he jüst in't neegste Dörp to doon un is to rechte Tied dar. Wo he denn heeten deit, fraagt de anner. He is de Dood, seggt de lütte Mann, bütt em fründlich „Gu' Morrn" un geiht wieder.

De neegste Morrn is he to rechte Tied dar un hollt dat Kind oever de Dööp. Denn seggt he, wenn dat Kind veertein Jahr oold is, denn so kümmt he wedder, un denn so bruken se nich mehr för de Jung sorgen, nee, denn sorgt de Jung för se. Do freuen de Lüüd sik, seggen de Dood „Velen Dank", un he seggt fründlich „Adjüs".

As de Jung veerteihn Jahr oold is, do kümmt sin gude Vadder un nimmt em mit to Holts, un dar seggt he to de Jung, he will ut em de beste Dokter vun'e Welt maken, he schall man fein uppassen, wat he em nu seggen deit. Wenn he henkümmt na en Kranke, seggt he, un he, de Dood, steiht an't Koppenne, denn so schall he driest seggen, dar is nix to maken. Man steiht de Dood an't Footenne, denn so schall he de Kranke söte Melk mit dree Soltkoorns in to drinken geven, un binnen dree Daag is de Kranke wedder up'e Beens. De Jung bedankt sik un bruukt sin Kunst flietig, un sodennig kennen se em oeverall un he ward bannig riek.

Mal is de König sin Dochter krank, un he maakt ehr wedder gesund, un do kriggt he mehr Gold as en Perd trecken kann. Un as he de Königin ehr Dood vörherseggt, un se blifft würklich doot, do gifft de König em dat Duppelte un nimmt sik acht Daag darna en anner Fruu wedder.

De Wunnerdokter is al in sin beste Jahren, do kümmt he mal dör't Holt, un do bemött he sin Vadder Dood, un se gahn en Stück tosamen. An en Krüüzweg seggt de Dood, he will nu rechts gahn un de Dokter schall links gahn, denn is dat sin Glück. Bald sehn se sik wedder, seggt he. Do seggt de Dokter, denn will he mit em gahn, he hett ja noch nie nich sehn, wodennig de Dood wahnen deit. De Dood will dat nich hebben un seggt, he schall doch man de anner Weg nehmen, man de Dokter blifft bi un triffeleern, un toletzt seggt de Dood, he kann mit em kamen bet an sin Slott, man jo un jo nich rin.

Nich lang', do kamen se up en breede, glatte, feine Weg, de geiht wied in't Holt rin. An't Enne vun'e Weg steiht en smucke Slott mit all de Finsterluken dicht. As se nu vör't Door stahn, do seggt de Dood, nu schall he dat nugg we'n laten un umkehren. Man de Dokter is nu eerst richtig nieschierig wurrn, wodennig dat woll in'e Dood sin Slott utsehn mag, un

28

wat de Dood em uck beden mag, he schall doch man
bidreihn, he blifft bi, he will mit rin, un toletzt gifft
de Dood na. Do sünd all de Kamern düüster un vull
mit lütte Lichten, een bi een. Verbaast fraagt de
Dokter, wat dat is, un do vertellt de Dood em, dat
sünd de Minschen se's Levenslichten. Wonem denn
sin is, will de Dokter weeten. Dar schall he man nich
na fragen, seggt de Dood, dat is nich guud un weeten
dat. Man de Dokter blifft wedder bi, un do wiest de
Dood em en lüerlütte Licht, dat is al meist bi un
gahn ut. So, seggt de Dood, nu schall he man sehn
un kamen weg, dat he sin Amt nich noch an em ut-
öven mutt, un he bringt em gau rut ut dat Slott un
wedder t'rügg in't Holt.

De Dokter süht to un kamen na Huus, un noch de
sülve Avend ward he böös krank. In'e Nacht ward he
mal waak, un do süht he, de Dood steiht an't Kopp-
enne vun sin Bett. Do dreiht he sik gau um un reckt
de Dood sin Beens hen. De Dood geiht geruhig an't
anner Enne vun't Bett, man do dreiht de Dokter sik
wedder um, un so drifft he dat bet hen to Morrn, un
do langt de Dood dat. Mit em hett he mehr Mars as
mit all de annern, seggt he, de he sörre Adam sin
Tied haalt hett. Man se woe'n in Fründschop uten-
anner gahn, seggt he, he schall em man seggen, wo-
lang he noch leven will. Blots noch een Vadderunser
lang, seggt de Dokter. Ja, seggt de Dood, is guud. Un
do fangt de Dokter an: „Unse Vadder in'n Himmel
…“ – so, seggt he, dar will he nu föftig Jahr an be-
den. Do lacht de Dood un seggt, he will sik woll wah-
ren un lehren nochmal en Dokter sin Kunst.

De düchtige Königssoehn

Dar is mal en König we'n un en Königin, de hebben keen Kinner hatt un harrn doch so geern en Soehn oder en Dochter hatt. Do lett de König en Steernkieker kamen, de schall em wahrseggen, um de Königin woll wat Lüttes kriggt. Do seggt de Steernkieker, de Königin kriggt en Soehn, man wenn de groot is, denn so snitt he de König de Kopp af. Do verfehrt de König sik un lett in en wööste Gegend en Toorn buu'n ahn Finstern. As nu de Königin en Soehn kregen hett, do lett he em insparr'n in de Toorn mit sin Kinnerfruu. Nu wahnt de Jung in'e Toorn, un he wasst elkeen Dag för twee un ward ümmer starker un smucker. Man he kennt ja blots de Kinnerfruu, un do meent he, dat is sin Mudder.

Nu itt de Königssoehn mal en Stück Zegenfleesch, un dar finnt he en spitze Knaak in. De wahrt he up un geiht bi kleit dar ut Spaaß an'e Muer mit. Dat Spill gefallt em, un so kleit he wieder, un upletzt hett he en lütte Lock in'e Muer maakt, dar fallt en Sünnenstrahl dör. Do is he heel verbaast un kleit wieder, un nich lang', do is dat Lock so groot, he kann de Kopp dar rutsteken. Do süht he dat smucke Feld mit dusend Blöme un de blaue Himmel un de wiede See, un do röppt he sin Kinnerfruu un fraagt ehr, wat dat allens is. Do vertellt se em vun'e grote Länner, de dat gifft, un vun'e smucke Städte, un do kriggt he so'n unbannige Lengen un trecken in'e Welt un kieken sik all de dare Wunners sülven an.

He hollt dat in de dare düüstere Toorn nich mehr ut, seggt he to de Kinnerfruu, vun de he ja meent, dat is sin Mudder, se woe'n weg un kieken de Welt an. Och, seggt se, wat he doch will in'e Welt trecken. Se hebben dat dar ja guud, seggt se, se woe'n man leever dar blieven. Man he blifft bi un triffeleern, se schall doch mit em gahn, un se mag em ja so geern lieden, se kann em nix afslaan, un so gifft se toletzt na un snört se's Bünnel, un se trecken afste'.

Se sünd al mennig Dag wannert, do kamen se mal in en Gegend, dar finnen se nix to eten. Se sünd al dicht an't Verhungern, do sehn se en ganze Enne weg en smucke Slott stahn, un do gahn se dar hen un woe'n fragen um wat to eten. Man as se dar henkamen na dat Slott, do is dar wied un sied nümms to sehn. Se gahn de Trepp rup un dör all de Stuven, man dar is keeneen. In een Stuuv steiht en Disch ferdig deckt mit allerlei feine Saken to eten. Do seggt de Königssoehn, dar is ja doch nümms dar, se woe'n sik man dalsetten un eten. Un as se eten hebben, do kieken se sik all de Stuven an un all de Saken dar in.

Upmal süht de Kinnerfruu en Flock Rövers, de kamen vun wieden an. Oh, röppt se, dat sünd wiss de, de dat Slott tohören deit, wenn de se dar finnen, denn so hau'n se se wiss doot. Do kriggt de Königssoehn sik gau en vullstännige Ridderantog her un treckt de an, langt sik dat beste Swert vun'e Wand, söcht sik in'e Stall dat beste Perd ut un töövt, dat de Rövers ankamen. As de nu kamen, geiht he bi un fechten mit se, un stark as he is, maakt he se all doot bet up'e Röverhauptmann. De seggt, he schall em doch man leven laten, denn so will he sin Mudder heiraden, un he schall sin leeve Soehn we'n. Do lett de Königssoehn de Röverhauptmann leven, un de heirad't denn de Kinnerfruu.

Man he kann dat nich verwinnen, dat de Königssoehn all sin Mackers afmurkst hett. Nu is he ja

31

bang' vör em – de Jung is ja stark as en Ries –, un so spickeleert he, wodennig he em kann an'e Kant kriegen. He röppt sin Fruu un seggt, he kann ehr Soehn nich utstahn, un he will em ut'e Ogen hebben. Se schall sik krank stellen, seggt he, un se schall em seggen, ehr kann nix helpen as en paar rode Appeln, un denn will he em woll na en Gaarn henschicken, 'nem he nich vun t'rüggkamen schall. Do kriggt se dat Blarren un seggt, wodennig se woll ehr Soehn verdarven kann. He schall em doch man leven laten, he hett em ja doch nix daan. Man de Mann seggt, wenn se dat nich deit, denn so will he se all beid de Kopp afhau'n. Do mutt se dat ja doon un stellen sik krank. Do fraagt de Könissoehn ehr, wat ehr fehlt, um se wat bruken deit. Denn so will he dat woll ranschaffen. Och, seggt se, harr se man en paar rode Appeln, denn so wull se woll bald beter warrn. Denn will he ehr de halen, seggt he.

Do seggt sin Steefvadder, wenn he feine rode Appeln finnen will, denn so schall he man in de un de Gaarn gahn, un wiest em na en Gaarn, de liggt wied weg in en wööste Gegend un ward wahrt vun wille Deerten. As de Königssoehn dar nu ringahn will, do gahn de Deerten ja up em dal un woe'n em in Stücken rieten. Man he kriggt sin Swert rut un maakt se all doot. Denn plöckt he geruhig wecke rode Appeln un treckt munter t'rügg na Huus. Sin Steefvadder, de verfehrt sik ja nich slecht, as he em ankamen süht, un he fraagt em, wodennig em dat gahn hett. Och, seggt de Jung, in'e Gaarn weern en Barg wille Deerten, man de hett he all dootmaakt.

Do verfehrt de Röverhauptmann sik noch duller, un he kann de Königssoehn ümmer weniger utstahn. Do seggt he wedder to sin Fruu, ehr Soehn is em towedder un he will em ut'e Ogen hebben. Se schall sik krank stellen, seggt he, un sik vun em wecke Ber'n halen laten. Nee, seggt se, dat deit se nich wedder, he schall de stackels Jung doch man leven laten. Do drauht he ehr wedder, un toletzt mutt se doch doon, wat he seggt, un sik krank stellen. Do fraagt de Königssoehn, um se wedder krank is. Se will doch wiss wat hebben, seggt he, denn so schall se em dat man seggen, he will dat woll halen. Och, seggt se, se har so geern wecke Ber'n för de Dörst. Na, seggt he, wenn't wieder nix is, de will he woll kriegen. Do wiest em sin Steefvadder hen na en arner Gaarn, dar sünd noch willere Deerten in, de woe'n up em dal un em in Stücken rieten. Man he kriggt sin Swert rut un maakt se all doot. Denn plöckt he wecken vun de feinste Ber'n un bringt se na sin „Mudder".

De Röverhauptmann verfehrt sik ja bannig, as he em ankamen süht un as he to hören kriggt, wodennig he all de Deerten afmurkst hett. Gresig bang' is he vör em un kann em nich up't Fell kieken, un he spickeleert blots noch, wodennig he em loswarrn kann. Do seggt he to sin Fruu, se schall sik krank stellen, un denn schall se to de Königssoehn seggen, ehr kann nix helpen as blots en lütte Buddel mit Sweet vun de Hex Pardemine. Do fangt se wedder an un blarrt un will un will dat afsluut nich, man ehr Mann drauht ehr, un do mutt se dat denn doch doon. Do leggt se sik to Bett, un as de Königssoehn na ehr henkümmt, do günst se, se is so krank, so krank. Um dat denn nix gifft, fraagt de Jung, wat ehr heelen kann. Se schall em dat doch man seggen, he will dör de heele Welt trecken un söken dat. Och, seggt se, een Middel gifft dat woll. Harr se man en Buddel Sweet vun de Hex Pardemine, seggt se, denn so wull se woll beter warrn. Denn will he foorst afste', seggt he, un söken darna, un is dat jichens en Stä' up'e Welt to finnen, denn so will he ehr dat bringen.

Do treckt he afste', man he kennt ja de Weg nich, un so wannert he ümmer de Näs na en ganze Reeg vun Daag, bet he kümmt in en düüstere Holt. Dar verbiestert he, un as dat düüster ward, finnt he keen Weg mehr na buten. Do süht he en Enne weg en Licht, un as he dar hen kümmt, do steiht dar en lüerlütte Kaat. He kloppt an'e Dör, un en ganz, ganz ole Mann maakt up un fraagt, wat he will. Och, seggt he, he is dar verbiestert, um he nich kann de Nacht dar blieven. Wat he denn to de Tied in de dare Wildnis kümmt, fraagt de Ole. Sin Mudder is krank, seggt he, un nix kann ehr helpen as en Buddel Sweet vun'e Hex Pardemine. Do seggt de Ole, he schall doch man so'n dumme Tüüg nalaten, dat hebben al en Barg Prinzen versöcht, seggt he, un keeneen vun se is wedderkamen. Man de Königssoehn lett sik nich besnacken, un as dat Morrn ward, do will he wedder afste'. Do gifft de Ole em en Kastangel mit un en Buddel un seggt, he kann em nich raden un nich helpen. Man een Dagsreis wieder in't Holt, seggt he, dar wahnt sin öllere Broder, de kann em vellicht wat seggen. De Kastangel, seggt he, de schall he guud verwahren, de ward em mal helpen. Un glückt em dat un finnen dat Sweet, denn so schall he em doch en lütte Buddel darvun mitbringen. Denn segent he em un lett em gahn.

He is de heele Dag wannert, do süht he avends wedder en Enne weg en Licht, un as he neeger ran kümmt, do ward he de Kaat wies, 'nem de tweete Ole in wahnen deit. He kloppt an'e Dör, un de Mann maakt em up, un he is noch öller as de eerste. Do vertellt de Königssoehn em, warum he dar rumbiestert in't düüstere Holt. De Ole versöcht allens, dat he em darvun afbringen will, man dat helpt all nix. De neegste Morrn seggt he denn, he kann em nich helpen, man een Dagsreis wieder rin in't Holt, seggt he, dar wahnt sin Broder, de is noch vel öller as he sülven, vellicht kann de em ja raden. Denn gifft he em en Kastangel, de schall he guud verwahren, de schall em mal helpen. Un wenn he dat klaar kriggt, seggt de Ole, un kamen an dat Sweet vun'e Hex Pardemine, denn so schall he em uck en Buddel vull mitbringen.

De neegste Avend laat kümmt de Königssoehn wedder na en ole Mann, de is noch vel öller as sin Bröder un hett en lange, witte Baart. As he nu hört, wat de Königssoehn in'e Sinn hett un wonem he up af will, do versöcht he uck un bringen em dar vun af, man dat helpt nix. De Königssoehn will nich ahn dat Sweet vun de Hex Pardemine na Huus t'rügg. As de Ole em de neegste Morrn wedder gahn lett, do gifft de em uck en Kastangel un en Buddel un wiest em na sin veerte Broder, de wahnt noch en Dagsreis deeper in't Holt.

Do wannert de Königssoehn wedder en heele Dag in't Holt rin, un as dat Avend ward, do kümmt he na de veerte ole Mann. De hett nich mal en Kaat un wahnen in, he sitt in en Korf, de hängt mang de Telgens vun en hoge Boom, un he is so steenoold, sin lange, witte Baart hängt ut'e Korf rut un reckt binah bet an'e Grund. He fraagt ja uck de Königssoehn, wat he will, un de vertellt em denn, warum he so wied wannert is. Do seggt de Ole, he schall sik man dalleggen ünner de Boom, un de neegste Morrn will he em vertellen, wat he doon schall.

35

De neegste Morrn weckt de Ole de Königssoehn un seggt, wenn he denn afsluut will sin Glück versöken, denn so schall he in Gotts Namen gahn. Toeerst mutt he de dare steile Barg rupklarrn – de is vun dar ut to sehn. Baven up is en Gaarn mit en Soot, un dar achter steiht en smucke Slott, un de Dör is toslaten. Man de Sloeteln liggen up'e Rand vun'e Soot. De schall he halen un liesen de Dör upsluten, de Trepp rupgahn un dör all de Stuven gahn. Man he schall sik wahren un faten jichens wat an vun dat, wat dar rumliggen deit. In'e letzte Stuuv, seggt de Ole, dar finnt he denn en unbannig smucke Fruu, de liggt dar up't Bett un slöppt. Dat is de Hex Pardemine, seggt he, un dat Sweet rönnt ehr man so vun't Gesicht dal. He schall sik blangen ehr dalhuken, seggt he, un mit en lütte Swamm dat Sweet upsugen un denn utdrücken in sin Buddeln. Un wenn de Buddeln vull sünd, seggt he, denn so schall he gau toseh'n, dat he wegkümmt. Un he wahrschuut em, dat he vörsichtig un flink we'n schall. Denn segent he de Königssoehn, un de treckt los, na de steile Barg to.

Je wieder he rupkümmt, je steiler ward de Barg, man he denkt an sin Mudder un geiht driest wieder. Toletzt kümmt he baven an, un dar is allens jüst so, as de Ole em dat vertellt hett. Do nimmt he gau de Sloeteln vun'e Rand vun'e Soot, slütt dat Door up, stiggt de Trepp rup un geiht gau dör all de Stuven. In'e letzte Stuuv finnt he de Hex Pardemine, de liggt up en Bett un slöppt, un dat Sweet rönnt ehr man so vun't Gesicht. Do huukt he sik dal, kriggt sin lütte Swamm her, suugt darmit dat Sweet up, wat dar dallöppt, un drückt 'n ut in sin Buddeln. As de vull sünd, do neiht he ut, so gau as he man kann. As he denn dat Door toslütt, do ward de Hex Pardemine waak un schriet foorts los, dat de anner Hexen waak warrn schoe'n. De kamen uck foorts hooch, man se koenen em nix mehr doon, he is al gau de Barg daljaagt.

Eerst geiht he wedder t'rügg na de Ole in'e Korf un bedankt sik för sin Hülp. Do seggt de Ole, he geiht ja nu t'rügg na sin Vadder un Mudder, un dat he gauer vörankümmt, gifft he em en Esel un en Dwersack. Wenn he denn na sin Steefvadder kümmt, seggt he, denn so ward de in Raasch kamen, dat he dat schafft hett, un he ward up em dalgahn. He schall dat man geruhig schehn laten, he schall blots to sin Steefvadder seggen, wenn he em dootmaakt hett, denn so schall he em in'e Dwersack steken un up'e Esel laden. – Denn sett de Königssoehn sik up'e Esel un ritt na Huus to. Ünnerwegens bringt he de dree Olen noch se's Buddeln längs.

As de Königssoehn dicht bi to Huus is, do süht sin Steefvadder em al vun wieden kamen, un he kümmt bannig in Raasch. He geiht em in'e Mööt un schimpt em ut, dat he so lang' wegbleven is. Do seggt de Königssoehn, he kann dat woll sehn, de anner kann em nich utstahn un will em een bipulen. Denn schall he man mit em maken, wat he will, seggt he, man blots een Deel schall he em to Gefallen doon: Wenn he doot is, seggt he, denn so schall de anner em in'e dare Dwersack steken un up sin Esel fastbinnen, dat de Esel em in'e Welt drägen kann. Un denn lett he de anner doon mit em, wat he will. De Steefvadder haut em un pedd't em un stött em, un tolatzt snitt he em de Kopp af un hackt sin Rump in luter lütte Stücken. Man as sin Raasch wat afköhlt is, do denkt he, he kann sachs de Jung sin letzte Will doon, un do stickt he all de Stücken in'e Dwersack un binnt 'n fast up'e Esel.

Knapp föhlt de Esel de Last up sin Rügg, do sett 'n sik foorts in Draff un löppt un löppt, bet he na de Ole henkümmt, de de Königssoehn de Esel geven hett. De kriggt de Stücken ut'e Dwersack rut, leggt se fein tohopen un maakt de Jung wedder lebennig. Denn seggt he to em, na sin Vadder un Mudder kann he nich wedder t'rügg, un dat sünd uck gar nich sin richtige Vadder un Mudder, seggt he. He is en Königssoehn, seggt he, un sin Vadder regeert noch in dat un dat Riek. Dar schall he man hentrecken un na sin richtige Öllern gahn. Do geiht de Königssoehn afste' un wannert, bet he in sin Vadder sin Riek kümmt. Man ehrer he in de Stadt geiht, do vertuuscht he sin Ridderantog mit wecke ole Plünnen, un um'e Kopp binnt he sik en Dook. To de Lüüd seggt he, he hett so'n leege Schinn. Do seggen se bald all blots noch „Schinnkopp" to em.

As he nu in'e Stadt rinkümmt, do ward he wies, all de Hüser sünd arig rutputzt, un vör de König sin Slott, dar versammelt sik allerhand Volks. Do fraagt he een up'e Straat, wat dar los is. Vundaag is en grote Festdag, seggt de anner, bi en Stunnstied, denn lett de König vun de Spitz vun'e Toorn en witte Dook dalfallen, un up de dat Dook sik dalleggt, de schall de König sin Dochter to Fruu hebben. Do kriggt de Königssoehn eerst to weeten, he hett en Süster. Man he lett sik nix anmarken, he seggt blots, denn will he dar uck hen, vellicht leggt sik dat Dook ja dal up em. Do lachen de Lüüd em fix wat ut, dat de Schinnkopp will de König sin smucke Dochter hebben. Man he kehrt sik dar nich an, he mengeleert sik mang dat Volk, un süh, as de König dat witte

38

Dook dalsmitt, do blifft dat jüst up'e schietige Schinnkopp liggen.

Do bringen se em na de König, un wat de Königsdochter uck blarrt, se mutt em doch to ehr Mann nehmen, un de Hochtied schall de sülve Avend fiert warrn. Man de Königssoehn geiht hen na de Preester un seggt, he schall em vunavend mit de König sin Dochter truen, man de Wöör, de se to Mann un Fruu maken, de schall he jo un jo nich seggen. He will em man vertellen, se is sin Süster, seggt he, man he schall em nich verraden, dat is noch nich so wied, dat he sik kann to erkennen geven.

An'e Avend fiern se denn Hochtied, man de Königssoehn behollt sin schietige Plünnen an, he will sik nich waschen un nich reine Tüüg antrecken. As se dat junge Paar denn in'e Kamer bringen, do brummt he, he kann nich slapen up so'n feine Bett. Se schoe'n em man en Klapp Stroh dar up'e Del hensmieten, seggt he. Dat doon se denn, un do slöppt he ümmer in'e Eck up't Stroh.

Nu gifft dat mal Krieg, un de Fiend liggt vör de Stadt, un dat schall en Slacht geven. Do treckt de ole König uck in'e Slacht, un de Königsdochter seggt to de Königssoehn, se will mit ehr Mudder up'e Muer gahn un kieken to bi de Slacht, un se fraagt em, um he nich will mitkamen. Man he gnurrt, se schall em in Ruh laten, em is dat liekers schietegal, wokeen winnen deit. Man se sünd man knapp weg, do bitt he een vun de Kastangeln up, de he vun de Olen kregen hett, un do is dar en vullstännige Ridderantog in, en smuckere kann een sik gar nich denken, un en Perd, de König hett dat nich beter. Do wascht he sik un treckt sik an as Ridder, un dat denn rut in'e Slacht, 'nem de König sin Lüüd al böös in'e Kniep kamen sünd. Man as he kümmt, do kriegen se wedder frische Moot, un do geven se de Fiend arig wat up'e Kopp. Man as de König de frömde Ridder na sik hen ropen laten will, dat he sik bedanken kann, do is de weg. Un de Königssoehn sitt wedder in sin Eck mit sin schietige Plünnen an.

De neegste Dag kümmt de Fiend wedder mit nüe Lüüd, un de König mutt nochmal in'e Slacht. De Königsdochter geiht mit ehr Mudder wedder up'e Muer, un knapp sünd se weg, do bitt de Königssoehn de tweete Kastangel twei un finnt dar en Ridderantog in un en Perd, noch smucker as de Dag vörher. He denn wedder in'e Slacht, un wedder dreiht sik dat Glück to de König sin Gunsten, as he kümmt. Na de Slacht verswinnt he wedder ahn Spoor, jüst so as de Dag vörher. Man he is verwunnt an't Been. Avends markt de Königsdochter, de Schinnkopp verbinnt sin Been, un do fraagt se em, wat he hett. Nix, seggt he, he hett sik man stött. Man de anner Dag vertellt se dat ehr Vadder un Mudder un meent, um dat nich vellicht is de Ridder, de se hulpen hett. Do lachen de König un de Königin ehr wat ut.

Nu mutt de König dat drütte Mal in'e Slacht, un as se all weg sünd, do bitt de Königssoehn gau de drütte Kastangel twei, un do is dar en Ridderantog in un en Perd, noch wedder vel, vel smucker. As he in de Slacht kümmt, do dreiht sik dat Glück wedder, un de Fiend kriggt sodennig een up'e Mütz, de kümmt nich wedder. Man de frömde Ridder verswinnt jüst so gau as de Daag vörher.

An'e Avend gifft dat en grote Fest, dat se de Sieg fiern woe'n, un de Königsdochter maakt sik uck

smuck un seggt to de Schinnkopp, dar is Prinzen-
tüüg för em, dat schall he doch man antrecken un na
dat Fest kamen. Man he gnurrt blots, wat em denn
se's Festen angahn, se schall em man in Ruh laten.
Man as se weg is, do geiht he foorts bi un wascht sik
un treckt dat Prinzentüüg an. Un as he denn in'e
Saal kümmt, do is he so'n smucke Jungkeerl, all kie-
ken se em an un wunnern sik. Do geiht he hen na de
König un seggt, he is de schietige Schinnkopp; man
he is uck de frömde Ridder, seggt he, de em dreemal
hulpen hett in'e Slacht. Do fallt de König em um'e
Hals un bedankt sik, man he seggt, he is uck sin
Soehn. Do verfehrt de König sik un seggt, wodennig
he denn hett sin Süster heiraden kunnt, dat is doch
Sünn. Man de Soehn seggt, sin Vadder schall sik
man beruhigen, he is nich verheirad't mit sin Süster,
de Preester kann dat betügen. Ja, seggt de Preester,
dat stimmt, un do is de Freud eerst recht groot, un
de König un de Königin freuen sik to se's smucke
Soehn. Do leven se glücklich un tofreden, man wi
koenen uns de Näs wischen.

41

Dree Königskinner

Dar is mal en König we'n, de hett Bescheed geven, in
sin Riek schall keeneen avends na Klock tein arbei-
den, un de dat doch deit, de schall dull bestraaft
warrn. Nu sitten dar laat bi Licht dree arme Deerns
un arbeiden. Do seggt de eene, se wull, se kreeg de
König sin Kock to'n Mann. De tweete seggt, se wull,
se kreeg de König sin Minister. Un de drütte – dat is
de jüngste we'n – de seggt, se wull, se kreeg de König
sülven to'n Mann. Dat hett de König allens mit an-
hört, he hett dar achter dat Finster stahn to lustern,
un dat dücht em so drollig, he nimmt sik vör, he will
de dree Deerns se's Wünsch wahr warrn laten.

De neegste Dag lett he de öllste to sik ropen – de hett
sik ja de Kock to'n Mann wünscht – un he seggt to
ehr, he hett de Dag vörher ehr Wunsch hört un
de Kock hett se begehrt,
so is se de Kock woll weert,
un he gifft ehr de Kock to'n Mann. Denn lett he de
tweete to sik kamen un seggt, he hett de Dag vörher
ehr Wunsch hört, un
de Minister hett se begehrt,
so is se em uck weert
un do kriggt se de Minister to'n Mann. Darna mutt
de drütte, de jüngste na em henkamen, de hett ja em
sülven to'n Mann hebben wullt, un to ehr seggt he
uck, he hett de Dag vörher ehr Wunsch hört, un
em sülven hett se begehrt,
so is se em uck weert,
un do nimmt he ehr to Fruu un maakt ehr to sin
Königin.

Na en Tied, do schall de Königin wat Lüttes hebben.
Do fraagt de König ehr, wokeen ehr denn an leevsten

passen schall. Do verlangt se na ehr öllste Süster, de de König sin Kock to'n Mann hett. Denn kriggt de Königin en smucke lütte Jung, de hett en gollne Steern vör de Kopp. Man de öllste Süster is afgünstig, dat de jüngste hett de König to'n Mann kregen un *se* hett man de König sin Kock, un dc kümmt se bi un leggt de Königin en Welp in't Bett. Dat Kind nimmt se un klevt dat en Pickplaaster vör de Kopp, dat 'n de Steern nich mehr sehn kann. Un denn deit se dat in en Kist, un de Kist mit dat Kind sett se ut up'e Stroom, de löppt dar dicht bi de König sin Slott vörbi. Un do kriegen de Bülgen 'n faat un nehmen 'n mit ümmer wieder in't Land rin. As de König denn hört, sin Fruu hett en Welp to Welt bröcht, do ward he eerst dull, man denn – he hett ehr ja so bannig leev – denn lett he sik begööschen un is fründlich un leev to ehr as vörher.

To desülve Tied hett dar wieder langs an de Stroom en Gaarner wahnt, de hett dree Kinner hatt un dicht an'e Stroom en smucke Gaarn. Mal spelen de Kinner, so as ümmer, in de Gaarn dicht an't Water, do kümmt dar up'e Stroom en lütte Kist andreven. De dree Gaarnerkinner kriegen 'n faat un trecken 'n an Land, un do liggt dar en nüdliche lütte Jung in, de hett en Pickplaaster vör de Kopp. Do freuen de Gaarnerkinner sik un lopen mit de Kist hen na se's Vadder un wiesen em de, un de Gaarner süht dat stackels Kind, un do deit em dat leed, un he behollt dat bi sik un deit jüst so, as weer dat sin eegne Jung, un de dree Gaarnerkinner passen de lütte Jung un spelen mit em.

Na en Jahr kriggt de Königin wedder en Kind, wedder en Jung, un de hett uck wedder so'n gollne Steern vör de Kopp, jüst so as de eerste. Man de af-

43

günstige Süster, ehr hett de Königin wedder bi sik, dat se ehr passen schall, un de nimmt de Jung foorts, as he baren is, weg, backt em en Pickplaaster vör de Kopp un sett em ut in en Kist up'e Stroom, dat de Bülgen em mitnehmen. Darför leggt se de Königin wedder en junge Hund in't Bett, un denn geiht se hen na de König un seggt, sin Fruu hett uck dütmal wedder en Welp to Welt bröcht. Do ward de König splitterndull, un he röppt sin Raatslüüd tohopen un fraagt, wat se meenen, wat he doon schall. Do raatslaan se, un denn seggen se, dütmal schall he dat noch guut we'n laten, man passeert so wat nochmal, denn so hett de Königin verdeent un warrn lebennig inmuert in en Toorn, un se schall nich Natt noch Dröög kriegen, dat se sodennig dootblifft. Dar is de König mit inverstahn.

Nu sünd to de Tied wedder de Gaarner sin dree Kinner in'e Gaarn un spelen an't Water, do kümmt dar de Kist mit de König sin tweete Kind answümmen, un de Kinner trecken 'n an Land un bringen 'n na se's Vadder, un he hett ja en weeke Hart, un so nimmt he dat stackels lütte Ding bi sik up, un de dree Gaarnerkinner passen de Jung un spelen mit em.

Na en Jahr schall de Königin to'n drütten Mal wat Lüttes hebben. Un se hett wedder ehr Süster bi sik, un as se nu kriggt en lütte Deern, do leggt dat leege Fruunsminsch ehr en Kelling[1] in't Bett un sett dat Kind ut in en Kist up'e Stroom, dat de Bülgen dat rutdrägen in't Land. Man de dree Gaarnerkinner fischen dat up un bringen dat na se's Vadder, un em ward dat duern, un do behollt he dat uck bi sik.

---

[1] Kelling = junge Katze

As de König hört, sin Fruu hett dat drütte Mal en Deert to Welt bröcht, do ward he so dull, he kann sik gar nich wedder inkriegen, un do lett he de stackels Königin griepen un lett ehr lebennig inmuern in en Toorn, un do mutt se bald verhungern.

Wat later warrn de dree Gaarnerkinner krank un blieven doot. Man de Königskinner wassen un warrn smuck un stark, un do maakt de Gaarner se to sin Arven. As se mal spazeern gahn in se's Gaarn, do kümmt dar en ole Mann an un snackt mit se un fraagt, um se weeten, wat dar noch fehlen deit an se's Glück. Nee, seggen se, wat schull dar woll fehlen, se hebben dat ja so guud dar. Do seggt de Ole, se fehlen noch dree Deele:

de Wahrheitsvagel,
dat Levenswater
un de Appel Sina.

De fehlen se noch, seggt he, dat se heel un deel glücklich sünd. To finnen sünd se up en hoge Barg. Wenn dar een rupkümmt up'e Barg, seggt he, denn so fangt dat an un dunnert un blitzt un de Eerde bevert, un de de dree Saken halen will, dörf sik nich umkieken, anners ward he to Steen.

Do seggt de öllste Jung, nu hett he dar keen Ruh mehr, nich ehrer he hett de Wahrheitsvagel, dat Levenswater un de Appel Sina funnen un faatkregen. Denn stött he sin Mess in en Boom un seggt, wenn dat rustig ward, denn so is he doot un kümmt nie nich wedder. Un he seggt sin Broder un Süster adjüs un treckt in de wiede Welt.

Lang' luern de beide annern, dat se's Broder wedderkamen schall, man de kümmt un kümmt nich, un as se na sin Mess kieken, do is dat rustig wurrn, un do koenen se sik denken, he is to Steen wurrn. Do seggt de tweete Jung, he will sin Broder nich in Stich laten, dat mag gahn, as dat will. Un do seggt he sin Süster adjüs, stött uck sin Mess in'e Boom, dat se dar an sehn kann, um he is lebennig oder doot, un he treckt afste' för un söken sin Broder.

Lange Tied luert de Deern vergevs, dat ehr Broder wedderkamen schall, man de kümmt un kümmt nich, un as se mal na sin Mess kickt, do is dat uck rustig wurrn, jüst so as ehr öllste Broder sin. Do ward se weenen un seggt, nu sünd ehr Bröder wiss all beid to Steen wurrn, man se will se nich in Stich laten, dat mag kamen, as dat will, un se maakt sik up'e Padd för un söken ehr Bröder.

Se mutt eerst vele Mielen gahn, ehrer se an'e Barg kümmt, 'nem de Wahrheitsvagel, dat Levenswater un de Appel Sina to finnen sünd. Do foolt se de Hänne un bed't eerstmal. Un as se denn de Barg hoochklarrt, do geiht dat los un dunnert un blitzt, un de Eerde bevert, man se geiht vörföötsch wieder un kickt sik nich um, bet ganz baven rup, 'nem de Boom steiht mit de Appel Sina, un dar is en Born, dar kümmt dat Levenswater rut. Se plöckt de Appel af un kriggt sik wat Levenswater in en Buddel un will al wedder weggahn, do röppt de Wahrheitsvagel, se schall 'n nich vergeten. Do nimmt se de Vagel uck mit, meist harr se 'n vergeten.

Baven up'e Barg liggen en Barg Steens, dar gütt de Deern vun dat Levenswater up, un do warrn se mitmal lebennig, un ehr Bröder sünd dar uck mang, un se begütt ümmer noch mehr Steens mit dat Water, un do gifft dat en grote Gewimmel vun Minschen, de trecken all mit Singen de Barg dal.

46

De beide Bröder un se's Süster gahn nu tosamen wedder na Huus, un as se dar sünd, do seggt de Wahrheitsvagel, se schoe'n en Festeten maken un dar de König to inladen. Do seggen se, wodennig se woll koenen de König to'n Eten inladen, se hebben doch nix to eten, wat sik för en König passen deit. Se schoe'n man in elkeen Schöttel en Stück vun de Appel Sina rinleggen, seggt de Vagel, denn so kümmt dat Eten dar vun alleen rin. Dat doon se denn, un se laden de König in, un as he kümmt un de Schötteln warrn updeckt, do is dar dat leckerste Eten in.

As se denn to Disch sitten, do ward de Vagel snacken un fraagt de König, um he weet, mit wokeen he dar sitten deit. Ja, dat sünd de Kinner vun en Gaarner, seggt de König. Nee, seggt de Vagel, dat sünd sin eegne Kinner. Un he vertellt de König, wodennig dat allens togahn is, un dat de Königin unschüllig to'n Dood verurdeelt is. Ehr afgünstige Süster, seggt de Vagel, de hett ehr de eerste beide Malen twee Welpen un dat drütte Mal en Kelling in't Bett leggt, un de Kinner hebben en gollne Steern vör de Kopp. Do lett de König se dat Pickplaaster vör de Kopp wegnehmen, un dar kamen de Steerns to'n Vörschien. Do gifft dat en grote Freud, man dat deit de König bannig leed, dat de stackels Königin dat nich mit beleven kann. Do seggt de Wahrheitsvagel, se schoe'n ehr man wat vun dat Levenswater bringen, denn so ward se wedder lebennig. Dat doon se denn, un vun dat Water kümmt se richtig wedder in't Leven t'rügg, un do maakt de König dat tweete Mal Hochtied mit ehr.

Dat Düvelsslott

Dar is mal en König we'n, de hett dree Soehns hatt. Mal schimpen se en ole Bedelmann ut, dat is en ole Suldaat we'n, un do verwünscht de se in Hünne un seggt, se schoe'n so lang' Hünne blieven, bet se maken en Suldaat to König. Do warrn de Jungs foorts to Hünne, en grote Hund, en mittlere Hund un en lütte Hund, un de stromern nu in't Land rum.

Do kümmt dar mal en Suldaat ut'e Krieg t'rügg un geiht dör't Holt. Do kümmt he an de Düvel sin Slott, man dar is keeneen in. Blangenbi is en grote Veehhoff mit gresig grote Ossen, un do klaut he sik dar en Oss un geiht weg. Nich lang', do bemött he en Vagelfänger, de hett de dree Hünne bi sik, un de fraagt em, um he em nich will de Oss geven för de dree Hünne. Un he deit dat, he denkt, he kann sik ja anner Ossen wedder halen ut'e Düvel sin Slott.

He do ja wedder t'rügg na't Slott, man do sünd de Düvels al to Huus. Een Düvel is dar in't Slott, dat is richtig so'n ole Hallunk, de seggt, he schall man rinkamen. Se nehmen em fründlich up, laden em in to eten, un na't Eten dörf he sik en beten verhalen. Man wieldes versteken de Banditen sin Hünne in'e Keller. Un de lütte Düvels sünd up'e Hoff bi un buen en Galgen för em.

De grote Düvel wiest em nu all de Stuven. Eerst geiht he mit em in de Tüügkamer, dar is en gewaltige Barg Tüüg in. Um he weet, 'nem dat to bruukt ward, fraagt de Düvel. Och, seggt he, se sünd ja en Masse Lüüd, do bruken se uck en Masse Tüüg. Een Mantel is dar, de is heel afsünnerlich. Um he weet, 'nem de to is, fraagt de Düvel. De bruukt he sachs sülven, seggt de Suldaat. Do seggt de Düvel, wenn

48

een de oevertreckt, denn so kann een nix wat anhebben, keen Flint un nix.

Denn gahn se in de Flintenkamer. Um he weet, wat dar mit maakt ward, fraagt de Düvel wedder. Och, seggt he, se sünd ja en Masse Lüüd, do bruken se uck sachs en Masse Flinten. Nu is dar een so'n grote Flint, un do fraagt de Düvel wedder, um he weet, wat dar mit maakt ward. De bruukt he sachs sülven, seggt de Suldaat. Do seggt de Düvel, dat is en Flint, wenn een dar mit schöten deit, denn so fallt allens um, so wiet as 'n de Knall hören kann.

Denn gahn se in de Swertkamer. Um he weet, wat dar mit maakt ward, fraagt de Düvel wedder. Och, seggt he, se sünd ja en Masse Lüüd, do bruken se uck sachs en Masse Swerter. Nu is dar een so'n grote Swert, un do fraagt de Düvel wedder, um he weet, 'nem dat to bruukt ward. Dat bruukt he sachs sülven, seggt de Suldaat. Do seggt de Düvel, dat is en Swert, wenn een dat blinkern lett, denn so mutt allens dootblieven.

Darna gahn se in de Salvenbuddelkamer, de is vull vun Salvenbuddeln. Dar is een Buddel mang, de is wat grötter as de annern. Um he weet, 'nem de to is, fraagt de Düvel. De bruukt he sachs sülven, seggt de Suldaat. Do seggt de Düvel, de dare Salv, de maakt allens wedder heel. Wenn een en Minsch in luter lütte Stücken hacken dä, seggt he, un smert em dar denn mit in, denn so ward he wedder gesund.

Denn gahn se in en anner Kamer, dar sünd Fleuten in. Um he weet, 'nem de to sünd, fraagt de Düvel. Och, seggt he, se sünd ja en Masse Lüüd, do bruken se sachs uck en Masse Fleuten. Nu is dar een heel smucke Fleut mang. Um he weet, wat 'n darmit maakt, fraagt de Düvel. De bruukt he wiss sülven, seggt de Suldaat. Dat is en Fleut, seggt de Düvel, wenn een dar dreemal rinpuusten deit, denn so geiht elkeen Mal en ieserne Dör up. Do ward de Suldaat dar an denken, sin Hünne moeten achter jichens een vun de ieserne Dören we'n, sehn kann he se keen Stä', un do kümmt he bi un stickt de Fleut heemlich in'e Tasch.

Denn gahn se in de Reepenkamer, un do is dar en heel afsünnerliche Stück Tau. Um he weet, 'nem dat to bruukt ward, fraagt de Düvel. Dat Tau bruukt he sachs sülven, seggt de Suldaat. Nee, seggt de Düvel, dat is dat Tau, 'nem *he* an uphängt warrn schall, un he smitt em dat Tau um'e Hals. Denn bringt he em rut up'e Hoff, un do sünd dar gresig vele lütte Düvels, de luern al up em.

Se kriegen em bi de Hand tofaat un bringen em ünner de Galgen. De grote Düvel kickt blots vun de Trepp her to. Do fraagt de Suldat, um he noch dörf dreemal süüfzen, so as dat bi se Moo' is. Dar woe'n de lütten Düvels em keen Verlööv to geven, man de grote Düvel seggt „Ja". Do puust' de Suldat dat eerste Mal in'e Fleut, do geiht de Dör vun'e lütte Hund up. De löppt foorts vör de Dör vun'e mittlere Hund un seggt, se's Herr is in grote Noot. Wat he dar bi doon kann, seggt de tweete Hund, he is ja insparrt. Do puust' de Suldaat dat tweete Mal, do geiht de dare Dör uck up. Un as de beide Hünne kamen vör de Dör vun'e drütte Hund, do puust' de Suldaat dat drütte Mal. Do lopen de Hünne rut un bieten all de Düvels doot. Un de Suldaat nimmt sik de Mantel vun de grote Düvel mit, un sin Flint un sin Swert, man de Salvenbuddel, de vergitt he. Denn geiht he weg – an de Ossen is em nix mehr gelegen.

50

He geiht dal an de Kant vun'e See. Do is dar en Königsdochter, de schall oeversluckt warrn vun en Draak. De Suldaat seggt, he will ehr retten, man de Deern seggt, he schall doch man jo weggahn, man dat deit he nich. He stellt eerst sin lütte Hund hen, de schall uppassen, man de kümmt gau in'e Kniep, de kann de Draak nich upholen. Do schickt he de tweete Hund hen, man de kann dat uck nich. Do schickt he de drütte Hund hen, un de hollt de Draak up. De Suldat seggt to de Hünne, se dörven de Köppe vun'e Draak nich tweimaken, se schoe'n 'n blots dootmaken. Do maken se de Draak doot un laten de Köppe heel. Un de Suldat snitt ut elkeen Kopp de Tung rut, leggt de Tungen tosamen in en Bünrel un stickt se in'e Tasch.

Man in'e Busch, dar sitt en Mann, de hett dat mitkregen. As de Suldaat nu weg is, do nimmt he de Drakenköppe un geiht hen un wiest se de König. Un do schall de Königsdochter sin Fruu warrn.

Man de Suldaat, de geiht dar uck hen. Bi de Hochtied is de Brüdigam bang', dat de Suldaat kümmt, un do stellt he an all de Dören Postens up, de schoe'n keeneen rinlaten. Man as de Suldaat nu kümmt, do lett de blots sin Swert blinkern, do liggen de Postens dar as Wüss.

Nu de Weg frie is, geiht de Suldaat na en Kaat. To de Katenmann seggt he, wodennig he wull kunn ut dat Hochtiedshuus dat Beste to eten kriegen, wat se dar hebben. He schall doch man nich so'n dumme Tüüg snacken, seggt de ole Katenmann, he schall man uppassen, dat he in Freden blieven kann. Man de Suldaat stickt de lütte Hund en Snuuvdook in'e Snuut, un do löppt de na de Bruut un leggt sik dal bi ehr

Fööt. De Bruut kennt de Hund foorts wedder, denn de hett en gollne Ked um'e Hals, de hett se 'n sülven umleggt. Do binnt se in't Taschendook dat beste, wat dar is up'e Disch. As de Hund t'rüggkümmt in'e Kaat, do setten de Suldaat un de Katenmann sik dal to eten, un de Suldaat schickt de lütte Hund wedder los, 'n schall wat to drinken halen. Dat kriggt 'n uck. Man do ward de Brüdigam dat wies, he kennt de Hund uck wedder, un do schickt he Suldaten los, se schoe'n de anner dootmaken. En heele Kumpanie schickt he em in'e Mööt, man unse Suldaat lett blots sin Swert blinkern, do fallen se all doot um.

Denn schrifft he en Breef an'e König, he schall na de Kaat kamen, un de Breef lett he henbringen vun'e Hund. Do will de Königsdochter uck mitgahn. Man de König seggt, wat se dar denn will, dat geiht em wiss uck an't Leven. Man se springt achtern up'e Waag, un so fahren se hen. Un do vertellt de Königsdochter ehr Vadder, dat dat de dare Suldaat we'n is, de ehr rett' hett. Wo dat denn angahn kann, seggt de König, de anner hett doch de Drakenköppe. Ja, seggt se, dat mag woll, man in keen vun de Köppe is en Tung in. Do gahn se hen un kieken na, un de Suldaat nehmen se mit. Un do is dar nich een Tung in de Köppe. Man de Suldaat kriggt sin Tungenbünnel ut'e Tasch un wiest de König dat. Do ward de anner uphängt, un denn ward noch mal Hochtied fiert, nu mit de Suldaat.

Man de Königsdochter is verhext, un foorts na de Hochtied maakt se ehr Mann doot, se haut em de Kopp af mit dat Swert. Do warrn de Hünne dat wies, dat se's Herr doot is, un do warrn se dar an denken, de Salvenbuddel is nich mitkamen ut dat Düvels- slott.

Do rennen se gau hen. Man dar sünd all de Düvels wedder lebennig wurrn, se hebben vergeten un maken de Düvel sin Grootmudder uck doot. un de hett de annern wedder lebennig maakt mit de Salv. De Hünne bieten se wedder all tohoopen doot, dütmal uck de Grootmudder. Denn nehmen se de Salvenbuddel un lopen t'rügg na de König sin Slott so gau as dat geiht.

Denn nimmt de grote Hund de Suldaat sin Rump, de mittlere nimmt de Kopp, un de lütte Hund smert vun de Salv dartwüschen. Do ward de Suldaat wedder lebennig un gesund.

Wieldes hebben se de Königsdochter vör Gericht stellt, se hett ja ehr Mann dootmaakt, un nu schall se de Kopp afhebben. Se hebben ehr jüst rutbröcht na de Richtstä', un in'e Stall is keen Perd mehr as blots en ole Schimmel. Do nimmt de Suldaat de Schimmel un ritt hen, he will sin Fruu retten. De Scharprichter hett al dat Biel hooch, do kümmt de Suldaat dar an, un do laten se ehr leven.

Do fraagt de Suldaat sin Hünne, wat he nu för se doon kann, se hebben em ja dat Leven rett'. Do seggen se, he schall se man blots de Kopp afhaun. Nee, seggt he, dat will he nich. Do seggen de Hünne, wenn he dat nich deit, denn so rieten se em de Kopp af. Do haut he toeerst de lütte Hund de Kopp af, un do ward dat en junge Bengel. Un do ward he driester un haut uck de anner beiden de Köppe af. Un sodennig warrn se vun Hünne wedder to Minschen.

De arme Jung, de Düvel un de gollne Borg

Dar is mal en arme Mann we'n un en rieke Mann, de sünd Navers we'n, un de arme hett en Barg Schulden hatt bi de rieke Naver. Mal fahren se beide mit'e Boot rut up'e See, se woe'n fischen. De Rieke hett Glück. Dat duert nich lang', do hett he sin Boot vull Fisch un pullt wedder t'rügg an Land. De Arme blifft noch lang' buten up't Water, man he kriggt nich een Fisch faat. Toletzt mutt he uck wedder an Land.

He is noch up'e T'rüggweg, do stött sin Boot up Grund, un he hört ünner sin Boot en Stimm, de seggt, wenn he 'n dat verspreken will, wat sin Fruu ünner't Hart drägen deit, denn so schall he jüst so riek warrn as sin Naver. De Mann seggt dat to. Do seggt de Stimm, he schall sin Angel utsmieten. He deit dat, un foorts bitt dar en Fisch an. Dat Beest is bannig swaar, man he kriggt 'n doch hoochböhrt, un as de Kopp oever de Rand vun'e Boot kümmt, do kullern dar en Barg Goldstücken ut dat Fischmuul. De Mann smitt sin Angel nochmal ut und fangt foorts noch en Fisch. Dar kamen keen Goldstücken mehr rut, man binnen en halve Floot hett he de Boot vull Fisch. Do pullt he an Land un geiht na Huus.

As he na Huus kamen deit, do süht he allerhand düre Kraam in't Huus liggen. He fraagt sin Fruu, wonem dat herkümmt, man se weet dar nix vun af. Se hett en beten slapen, seggt se, un as se waak wurrn is, do is dat allens dar we'n. Nu geiht he foorts na sin Naver un betahlt sin Schulden up een Slag. De rieke Mann verfehrt sik, he meent, dat Geld mutt he em woll klaut hebben. He kickt na in all sin Kastens, man dar fehlt nix in.

54

As de Mann wedder na sin Fruu kümmt, do vertellt de em, se schall wat Lüttes hebben. De Mann hett dar nix vun wusst, man dat is nu mal so. Un as ehr Tied um is, do kriggt se ehr eerste Soehn.

As de Jung acht Jahr oold is, schicken sin Vadder un Mudder em na de Preester in'e School. He is groot för sin Öller, un he lehrt gau. An de Dag, as de Jung föftein ward, do kümmt de Düvel an in en Boot, de süht ut as en gröne Füerflamm, he will de Jung halen. As se de Boot ankamen sehn, do geiht de Preester bi un schrifft en Breef, de schall de Jung mitnehmen. Denn geiht de Jung dal an'e Strand un de Düvel in'e Mööt, un as de seggt, he schall in'e Boot stiegen, do hollt de Jung em de Breef hen.

De Düvel waagt nich un faten em an, solang' as he de Breef in'e Hand hett. He kleit sik an'e Kopp un is vergrellt. De Schinner schall de dare Preester halen, seggt he, de is schuld, dat he de Jung nich mitnehmen kann. Un to de Jung seggt he, he schall en anner Boot nehmen – dat liggt dar – un schall mit em rutfahren up'e See. De Preester steiht an'e Strand un kickt to. He schall de Boot man nehmen, seggt he to de Jung, un mit de anner rutpullen up'e See.

As se buten sünd up See, do gifft dat en gresige Storm, de Jung kann de Boot nich mehr stüern un mutt 'n drieven laten. Do will de Düvel de Jung besnacken, he schall roeverkamen in sin Boot, man ümmer wenn de Düvel neeger kümmt, denn hollt de Jung em de Breef hen. Dar kümmt de Düvel sodennig in Raasch oever, he geiht as en gröne Füerflamm wedder dar hen, 'nem he herkamen is. Man de Jung drifft noch wieder vör Wind un Wedder.

Toletzt kümmt he na en Land, dat kennt he nich. Man dicht an'e Strand, dar liggt en Königsborg, de schemert as Gold. De Jung geiht dör dat Door, dar steiht wat oever schreven in gollne Bookstaven, un do kümmt he na de Koek. De Koeksch seggt, he schall jo nich luud snacken, binnen slöppt de Fruu, man de Bengel geiht liekers wieder un kümmt na de neegste Kamer. De Kamerdeern dar seggt uck, he schall jo nich luud snacken, blangenan liggt de Fruu un slöppt. Man he geiht liekers wieder bet rin na de Fruu sülven, un he süht, se is noch smucker as de Koeksch un de Kamerdeern. Do snacken se en Tiedlang mit'nanner, un nich lang', do warrn se sik eenig, se woe'n Mann un Fruu warrn. Man de Jung seggt, he mutt eerst hen na sin Vadder un sin Plegvadder, de Preester. He weet man nich, seggt he, wodennig he reisen mutt, dat he dar uck henfinnen deit. O, seggt se, dat hett keen Noot. Se hett an ehr Finger en Ring, seggt se, dar kann een sik mit wünschen, wat een hebben will un wonem een hen will.

Do nimmt de Jung de Ring vun sin Bruut ehr Finger un stickt 'n an sin eegne Hand, un denn wünscht he sik t'rügg na sin Vadder un na sin Plegvadder, de Preester. Foorts is he dar. Do vertellt he se allens, wat he belevt hett, man keeneen will em dat afnehmen. He wiest se de Ring an sin Finger, man se woe'n em dat ümmer noch nich glöven. Laat an'e Avend, as se hebben Avendbroot eten bi de Preester, do kann de Jung sik nich mehr holen. Sin Bruut hett em dat ja verbaden un hett seggt, he schall ehr jo un jo nich darhen wünschen, 'nem he mit sin Lüüd is, man he will afsluut wiesen, wat de Ring kann, un do seggt he, de Koekendeern schall kamen un de Disch afrümen. Foorts kümmt de Koekendeern vun'e gollne

56

Borg, nimmt de Teller weg, de vör de Jung steiht, un is wedder verswunnen. To Bett-Tied seggt de Jung, de Kamerdeern schall kamen un maken sin Bett. Foorts kümmt de Kamerdeern un maakt dat Bett. Do geiht he to Bett un wünscht, sin Bruut schall kamen un blangen em liggen. Foorts is sin Bruut dar, kriggt em um'e Hals un gifft em en Söten. Man se treckt em uck de Ring vun'e Finger, geiht rut, un keeneen süht ehr wedder.

Nich lang', do kriggt de Jung so'n dulle Lengen na sin Bruut, un do geiht he weg vun sin Vadder un sin Plegvadder un maakt sik up'e Weg, he will de gollne Borg wedder söken. Eerst kümmt he na de König vun'e Fisch. De fraagt he, um he em seggen kann, 'nem de gollne Borg liggen deit. Nee, seggt de Fischkönig, dar weet he nix vun af, man he will all sin Fisch tohopenropen, vellicht weet dar een vun Bescheed.

Do fleut't he all sin Fisch tohopen, man keeneen weet wat vun de gollne Borg. Man de Kattfisch is noch nich dar. Toletzt kümmt de uck an. Warum he so laat kamen deit, fraagt em de König. De Fischotter hett em faat hatt, seggt de Kattfisch, de hett em so lang' upholen, he is em man so even un even utneiht. Man de Kattfisch weet uck nix af vun'e gollne Borg. Do treckt de Jung wieder un kümmt na de König vun'e Vageln.

Do fraagt he de, um he em Bescheed seggen kann vun de gollne Borg. Nee, seggt de König vun'e Vageln, dar weet he nix vun af, man he will sin Vageln tohopenropen. Do fleut't he de Vageln tohopen, man keeneen weet wat to vertellen vun'e gollne Borg. De Swaan kümmt toletzt. De hett Eier leggt, un bi sin

Nest hebben de Minschen en Sneer leggt hatt, dar hett he sik in vertüdelt. Man so even un even hett 'n sik losmaken kunnt. Man as 'n nu kümmt, do weet 'n uck nix vun de gollne Borg.

Do treckt de Jung wieder, un he weet sülven nich, wonem he woll henkamen mag. As he so geiht, do bemött he twee Riesenbengels, de sünd bi un hau'n sik. Do geiht he hen na se un fraagt, warum se sik denn hau'n doon. Em dücht doch, se sünd Bröder, seggt he, un wenn dat so is, denn schoe'n se sik doch nich hau'n. Ja, seggen se, se sünd Bröder, un se hau'n sik um en Mantel un en Paar Schoh, de hebben se arvt vun se's Vadder. De Jung is ja plietsch, un so fraagt he se, wat dar denn woll so an is an de dare Mantel un de Schoh. Tja, seggen se, de Schoh sünd vun de Aart, wenn 'n dar een Hopp mit maakt, denn so is een dar, wonem een hen will, un wenn een de Mantel anhett, denn so is een nich to sehn.

Oh, seggt he, se schoe'n em de Dinger doch mal lehnen, dat he sehn kann, um dat uck wahr is. De Riesenbengels woe'n em se's Arv ja nich geern anvertruun, se kennen em ja gar nich, man toletzt kriggt he se besnackt, as he se toseggt, he will man een lütte Hopp maken, dat he dat mal utprobeern kann. Man he hett Schoh un Mantel man knapp an, do jumpt he mit een Hopp hen na de gollne Borg.

Do süht he dar en grote gollne Schipp in'e Haven liggen. Nich lang', do kriggt he rut, dat Schipp hört en Königssoehn to, un de is kamen, he will de Fruu vun'e gollne Borg frien. Do geiht de Jung mit sin Mantel an in de Borg rin – sehn kann em ja nümms – un do süht un hört he, wodennig de Königssoehn um sin Bruut frien deit. Man he verkrüppt sik, bet dat Tied is to Bett. As sin Bruut to Bett geiht, do leggt de Königssoehn sik blangen ehr.

As de Königssoehn nu sin Bruut en Söter geven will, do gifft de Jung em en Pedd up'e Mund. De Königssoehn kann gar nich begriepen, wat sowat schall. He versöcht dat nochmal, do kriggt he wedder een neiht mit de harte Riesenschoh, de hett de Jung ja noch an'e Fööt. De Königssoehn is heel un deel verbiestert, dat sin Bruut so groff is to em. Warum se em denn pedden deit, fraagt he ehr. Se pedd't em doch gar nich, seggt se. Man de Jung, de liggt achter de Bruut un lacht sik inwennig een, un denn gifft he de Königssoehn noch en Pedd. Do ward de dull, jumpt rut ut't Bett un denn foorts dal na sin Schipp. Vun de dare Friegeratschon hett he de Näs vull, denkt he un seilt wedder na Huus.

De Jung steiht uck up un geiht rut. Man he treckt blots sin Riesenkledaasch ut, un denn kümmt he wedder rin un fangt an un snacken mit de Königsdochter. Wat dat is för'n frömde Mann we'n, de dar we'n is, wieldes he sülven weg we'n is, fraagt he. Dat is en Königssoehn we'n, seggt se, de hett ehr to Fruu hebben wullt. Na, warum se em denn nich nahmen hett, meent he. Ja, seggt se, se harr em sachs nahmen, man he is bang' wurrn vör ehr. Warum he denn bang' wurrn is, fraagt de Jung. Tja, seggt se, dat weet se uck nich, man he hett seggt, as he blangen ehr legen hett, do hett se em statts en Söten en Pedd up'e Mund geven, un do is he dull wurrn un is weglapen, un se hett em nich achterna gahn wullt, denn se harr em ja doch nix daan.

Un denn fangen se wedder an un ficheln tohopen. Un denn maken se Hochtied, un de Jung ward Herr vun'e gollne Borg.

Dat verhexte Slott

Dar is mal en rieke Eddelmann we'n, en Graaf, de hett dree Soehns hatt. Twee vun de Soehns sünd al recht groot, do blifft se's Mudder doot. De jüngste, de is noch recht wat jung un lütt. De beide ollsten hebben dar en Barg Spaaß an un gahn up Jagd oder driven sik mit de Perde rum. Dar woe'n se de Lütte mit argern, denn de blifft ümmer to Huus bi sin trurige Vadder, un he hett blots Spaaß an de feine Geschichten, de vertellt sin Vadder em ümmer. Un darum mag de Graaf em uck bannig geern lieden.

So geiht dat wecke Jahren. De Jüngste is nu al wat grötter wurrn, un de Vadder hett bi lütten sin Truer um sin leeve Fruu oeverwunnen. Man do kümmt en anner Unglück oever em: He ward bannig krank un kriggt so'n gresige Utslag. Do halen se all de grote Dokters vun wied un sied, man keeneen kennt en Kruut oder en Water, wat dar helpen kann.

Do vertellt mal en ole Wief, wied weg vun dar steiht en Slott merrn in en See, dar slöppt en verwünschte Königsdochter in. Un dar kann een en Water kriegen, dat helpt gegen all Aarten vun Süken, un dar ward de Graaf wiss wedder risch vun.

As de ollste Soehn dat hören deit, do kriggt he foorts sin Perd t'recht, stickt sik rieklich Gold un Sülver in de Tasch, un denn dat afste', dat he sin Vadder doch retten un de Königsdochter erlösen kann. He is all en Reeg vun Daag reden, do kümmt he an en Kroog, dar geiht dat bannig lustig to, as't schient, dar ward danzt un sungen un sprungen, dat is een Lust, un de Larm is al vun wieden to hören. He wunnert sik ja, un möö', as he is, hollt he an. Foorts kamen dar wecken rut mit en vulle Wienbuddel un heeten de smucke Rieder willkamen. Na, he lett sik nich tweemal nödigen, he jumpt dal vun sin Perd un gifft dat de Knecht, dat de dat in'e Stall bringen un versorgen schall, un denn geiht he mit de annern rin in'e Gaststuuv.

Binnen nehmen se em all in'e Mitt un laten em nich mehr los. He mutt allens mitmaken, un dat duert nich lang, do is he all sin Geld los un sin Perd uck.

As de öllste Soehn to de fastsette Tied nich wedderkümmt, do sadelt de tweete sin Perd, nimmt arig Gold un Sülver mit un ritt afste', dat he so bald as moeglich na de See un dat Slott kümmt. Na en Reeg vun Daag kümmt he uck an'e Kroog, 'nem sin Broder hängen bleven is. As de nu sin jüngere Broder wies ward, geiht he em in'e Mööt mit wecke vun sin Suupkumpanen un nödigt em, he schall uck rinkamen in'e Kroog. Do geiht em dat jüst so as de anner: He blifft dar so lang', bet he allens versapen hett. Un so moeten se all beid dar blieven, um se woe'n oder nich. To Huus luern se ja up se, man dat is vergevs.

Do maakt de jüngste Broder sik up'e Weg un seggt sin Vadder to, he will dat Heelwater kriegen, un denn will he sin Bröder söken un se wedder mit na Huus bringen. He kümmt ja uck an'e Kroog, un he hört sin Bröder all vun wieden groelen, man he gifft sin Perd de Sparen un flüggt man so vörbi, wat sin Bröder un de annern Suupbütten uck ropen un prahlen. He ritt un ritt un ritt, un toletzt kümmt he an en grote See, dar steiht merrn in en smucke Slott. Na dat, wat he hört hett, mutt dat dat Slott we'n, wat he söken deit.

He ritt dar an't Över up un dal un spickeleert, wodennig he dar roeverkamen kann – dar is nich Brügg un nich Boot to sehn –, do ward he en Oolsch wies, de spaddelt dar in't Wader vun'e See un is ja woll an't Versupen. Se duert em ja, un he springt rin in't Water un haalt ehr dar rut. Do bedankt se sik bi em un fraagt, wat he dar will an de dare See. Do vertellt he ehr dat.

Ja, seggt se, dat lett sik maken. He is so barmhartig we'n un hett ehr rett', wiel he dacht hett, se weer an't Versupen, un nu will se em uck helpen. Se is vun de Hexenmeister as Uppassersch sett wurrn oever dat Slott un de Königsdochter, de dar in slöppt. Man dat ward ehr bilütten langwielig, un de smucke Deern ward ehr duern, un darum will se em helpen. Man he mutt up en Prick doon, wat se vun em verlangen is. Sin Perd, dat mutt he in luter lütte Stücken hau'n, seggt se, un denn schall he de neegste Morrn Klock ölben dar up ehr töven. De Stücken vun sin Perd schall he mitnehmen, wenn se mit em in't Slott ringeiht. Dar binnen, seggt se, dar wimmelt un grimmelt dat vun Deerten, groten un lütten, willen un tammen. Wenn se em en Wink gifft, denn schall he se en Stück hensmieten, dat he dar dörgahn kann un se em nix doon, uck up'e Trüggweg. In de Kamer, 'nem de Prinzessin in slöppt, seggt de Oolsch, dar steiht en Disch mit dree Buddeln up, dar schall he de middelste vun wegnehmen un denn maken, dat he wegkümmt. Klock twölf, seggt se, denn dreiht sik allens in't Slott rum, un wenn he dar denn noch in is, denn so geiht em dat leeg, un de Prinzessin kann denn nich mehr erlöst warrn. Un denn geiht de Oolsch weg.

He maakt dat up en Prick so, as de Oolsch em dat seggt hett. Mit de Stücken vun sin Perd töövt he al fröhmorrns up ehr. Klock ölben kümmt se in en Boot anschippert un bringt em na't Slott. Dar kamen se de wunnerlichste Deerten in'e Mööt, lütten un groten, tammen un willen. An de Dören stahn Löwen up Posten, de mutt he ümmer en Stück Perdefleesch hensmieten. Sodennig kümmt he vun een Kamer in de anner, un dat Fruensminsch slütt ümmer up mit en gollne Sloetel.

Toletzt kamen se in de Kamer, 'nem de Prinzessin is. Dat is en heel smucke Deern, de slöppt dar up en prachtvulle Bett. De Jung is rein weg, so smuck is se, he kann sik gar nich satt sehn. He weer ja geern dar bleven, man dat is al meist Klock twölf, un de Oolsch drifft em an. Do snappt he sik gau de middelste vun de dree Buddeln up'e Disch, kickt nochmal gau na de slapen Deern – dat schient meist, as will se de Ogen upslaan – un denn maakt he, dat he rutkümmt ut dat Slott, un verdeelt dar ümmer sin Fleeschstücken bi. He is man knapp buten, do sleit de Klock twölf, un in't Slott gifft dat een Gerummel un een Larm, as wenn sik allens vun ünnen na baven dreiht. Man denn is dat mitmal ruhig. De Oolsch bringt em guud an't Över mit sin Buddel, un dar finnt he denn – de Düvel mag weeten, wodennig dat togeiht – do finnt he dar en smucke Perd mit Sadel. He nix as rupklabastert un denn munter afste' na Huus to. Na en paar Daag kümmt he avends laat na de Kroog, 'nem sin Bröder sitten bleven sünd. Na, denkt he, nu kann he sik woll en beten plegen, wo he so'n Stück Arbeit achter sik hett.

Do stiggt he af un geiht rin na sin Bröder. Wo de keen Geld mehr hebben, do sünd se uck wat ruhiger wurrn un sitten heel deepsinnig in'e Eck. As se em nu rinkamen sehn, do springen se up un freuen sik, un denn mutt he vertellen, wodennig em dat gahn hett. Do vertellt he se dat allens un wiest se de Buddel mit dat Heelwater. Denn köfft he noch se's Perde frie, dat se de neegste Dag mit em na Huus rieden koenen, un leggt sik dal un slöppt. Sin Bröder nich. De sünd em dat nich günnen, dat he dat Heelwater haalt hett un sodennig sin Vadder retten kann. Do sliekern se liesen an sin Bett un lustern, um he uck slapen deit. Ja, he is deep in Droom. Do nehmen se de Buddel, deelen sik dat Water, wat dar in is, doon dar Water ut'e Soot in, stellen 'n wedder hen un leggen sik uck dal.

De jüngste Broder is sik ja nix Böses vermoden, he leggt de neegste Morrn sin Perd de Sadel up, verwahrt sin Buddel guut un ritt afste'. De beide annern stiegen uck up un rieden munter mit em na Huus to. Se sünd knapp dar, do vertellt de Jüngste allens, wat he belevt hett, denn kriggt he sin Buddel rut un wascht de Vadder. Man de blifft krank as ehrdem.

Do fraagt de Vadder de anner beiden, um se hebben dat richtige Heelwater. Ja, seggen se, se hebben wat, un kriegen se's Buddeln rut. Un se waschen se's Vadder un vertellen en Geschicht, wodennig se darbi kamen sünd, lagen vun vörn bet achtern. As se ferdig sünd mit Waschen un Vertellen, do is de Vadder foorts sund un smuck as en Jungkeerl.

Do süht de Jüngste ja klaar, un he seggt, de annern beiden hebben em de Buddel klaut. Man he kann dat ja nich bewiesen, un do ward de Ole dull up em. Do sliekert he denn trurig un alleen dör dat Slott, un nu eerst ward he an de smucke Prinzessin denken, de hett he heel un deel vergeten um sin Vadder.

As he dar so rumtüffelt, do kümmt dar mitmal en Waag mit söss Schimmeln darvör, dar sitt en smucke

Deern in, um sik rum en Barg Deeners. De Graaf geiht ehr mit sin dree Soehns in'e Mööt un heet ehr willkamen. Do kennt de Jüngste de slapen Prinzessin wedder un kann sik gar nich mehr inkriegen vör Freud. He gau hen na ehr un gifft ehr de Hand. Do vertellt se de Graaf, wodennig de Jüngste ehr rett' hett, un nu is se kamen un will em afhalen as ehr Brüdigam. Do seggt de jüngste Soehn sin Vadder un sin sluukohrige Bröder foorts adjüs, sett sik bi sin Bruut in'e Waag un fahrt mit ehr t'rügg na ehr Slott. Dar hett he denn Hochtied maakt un lange Jahren glücklich un tofreden mit ehr levt.

Dat Kattenslott

Dar is mal en Riddersmann we'n, de is an en Sommeravend dör en Holt reden. Merrn in'e dickste Busch stiggt he af, he will sik dar an en Born en beten utruhn. Do steiht dar mitmal en Flock griese Katten vör em. Dat dare Takeltüüg miaut un schriet un wiest na en Stieg, de is meist nich to sehn, un do mutt de Ridder mit se mit un sin Perd dar lang trecken. De griese Beester hoppen un danzen vörut un wiesen em de Weg, de eernsthaftige Keerl mutt dar rein bi smuustergrienen. Dat geiht dör Busch un Kratt, un toletzt stahn se all, Mann, Perd un Katten, vör en lüchten Slott, dat steiht up en gröne Anbarg. Do bedüüd't em dat Kattenvolk, he schall dar ringahn. He binnt sin Perd an en Pieler vun Marmelsteen, un denn bringen de Katten em rin in en hoge Saal. Dar liggen twee smucke Katten up en prachtvulle Thron, en witte een un en swatte een, un een kann marken, dat de anner Katten arig wat ringer sünd as de beiden.

De Ridder will wat to se seggen, he markt, dat is dar wat gediegen, man do is he al in en arner Stuuv, 'nem en feine Avendbroot up em luert. He itt sik satt an dat feine Eten un drinkt rode un witte Wien so vel, as he mag, un denn leggt he sik dal up en siedene Bett in'e Slaapkamer blangenbi, un na korte Tied is he inslapen. Man nich lang', do tuckt dar wat an'e siedene Dek, un as he waak ward, do is dat de swatte Katt, de seggt to em, vör en paar Jahr, do is 'n en grote König we'n, de witte Katt weer sin Dochter un de griese Katten weern sin Hoffstaat. Do is dar en leege Hexenmeister kamen, de hebben se nich to Willen we'n wullt, un do hett de se all in Katten verhext. Man wenn he, de Ridder, Moot nugg hett un

67

stiegen de Nacht up'e lütte Barg, 'nem de dree gollne Krüzen blinkern, un halen vun dar de Töverwuddel – de wasst dar to Föten dat mittlere Krüüz –, un wenn he em un sin Dochter un sin Lüüd darmit antickt, denn so kann he se all erlösen, un denn schall he sin Dochter to Fruu hebben un mit ehr sin Volk regeern. Man he will em wahrschuun, seggt de Kater, dar is Gefahr bi.

De Ridder oeverleggt nich lang', he kriggt sin Swert faat un geiht vull Gottvertruen rut in'e düüstere Nacht. Man as he anfangt un klarrn de Barg up, do geiht dar en Hulen los, as gungen all de Dören vun'e Höll up. Dat suust un knallt in'e Luft, ut'e Ritzen stiegen gresige Beester hoch, Blitzen gahn dal, man de Ridder schert sik dar nich um, he geiht vörföötsch wieder. He kümmt baven an, 'nem de dree Krüzen stahn, un brickt driest de Töverwuddel af, wieldes de Barg in'e Deepde bevert. As he denn wedder dalgeiht, do is all dat Spökels weg, un vör dat Slottsdoor steiht de Kattenkönig mit sin Lüüd un luert al up em.

Do tickt he se an mit de Töverwuddel, un foorts geiht dar een Licht dör dat Slott un schient up en prachtvulle Hoffstaat. Up'e Thron sitt en ole grieshaarige König, blangen em en Prinzessin so smuck, as een sik dat man denken kann, un um se rum Ridderslüüd un Eddeldamen in dat smuckste Tüüg. Do winkt de König de Ridder na sik ran un leggt em de Hand vun sin Dochter – de stickt sik dar root an bi – de leggt he em in'e Hand. Do maken de beiden Hochtied, un dat Fiern will un will keen Enne nehmen, un de Riddersmann ward nu de König vun dat Riek.

68

De verwünschte Königsdöchter

Dar is mal en Kapperaal we'n, en Trummler un en eenfache Suldaat, de sünd sik eenig we'r, dat is beter, guud eten un drinken un we'n sin eegne Herr, as laten sik in'e Krieg to Krüppel schöten. Un do trecken se bi Nacht un Nebel los, se woe'n sehn un finnen en Stä', wonem se gude Eten un Drinken kriegen koenen un se's eegne Herren sünd. Do kamen se in en grote Holt, un dat is düüster, un do verbiestern se dar. Do raatslaan se, wat se nu doon schoe'n, un se warrn sik eenig, een vun se schall rupklarrn up en Boom, un wenn he en Licht süht, denn so schall he na de Siet hen sin Mütz dalsmieten. Dat dröppt de Trummler. De klarrt rup up en hoge Dann, süht uck würklich en Licht un smitt sin Mütz na de Siet hen. Nu gahn se munter in de Richt wieder un kamen an en nüdliche Huus, dat is fein inricht'. Binnen steiht en Disch mit dree Stöhle, un up'e Disch steiht leckere Eten un Drinken, man in't heele Huus is keen Minsch to finnen. Do setten de dree sik dal un plegen sik eerstmal. De neegste Morrn warrn se sik denn eenig, eener vun se schall ümmer to Huus blieven un sik um de Weertschop kümmern, un de annern gahn up Jagd un sehn sik en beten um in de Gegend.

De eerste Dag blifft de Kapperaal to Huus. He fegt de Stuuv ut, putzt de Finstern un kaakt en feine Avendköst för sik un sin Kameraden. Un as dat Eten ferdig is, do sett he sik dal un will sin Deel upeten. Do kümmt dar en lütte, griese Keerl an un seggt, he schall em uck wat geven. De Kapperaal will eerst nich, man de lütte Keerl blifft bi un bedeln, un do gifft he em en Stück Broot. Man dar is de Lütte nich tofreden mit, he will uck Fleesch hebben. As he wedder en Tiedlang bedelt hett, do langt de Kapperaal

em en lütte Stück Fleesch hen. Man de lütte Keerl
stellt sik so tüffelig an, un do lett he dat dalfallen
up'e Del. Och, seggt he do, he is so stief un kann sik
nich recht bücken, de Kapperaal schall em doch dat
Fleesch upkriegen. De deit dat uck, man knapp hett
he sik dalböögt, do kriggt de lütte Keerl en Pietsch
rut, neiht em een, twee, dree woll en twintig Slääg
oever, un weg is he. As do de annern na Huus ka-
men, do is de Kapperaal heel gnadderig. Man he
seggt nix na, he denkt, de koenen dat ja uck mal ver-
söken.

An'e tweete Dag mutt de Suldaat to Huus blieven,
un em geiht dat keen Spier beter as de Kapperaal,
man he wahrt sik un vertellen dar avends wat vun.
As nu an'e drütte Dag de Trummler to Huus blifft,
do kümmt de lütte, griese Keerl wedder un bedelt
um Broot un Fleesch, lett dat Fleesch wedder dal-
fallen un seggt, de Trummler schall em dat doch up-
kriegen. Man de Trummler is de Düvel sin Putz-
büdel, anners seggt, he is em vun de Schuuvkaar
sprungen, he is en plietsche Keerl, as all de Trumm-
lers sünd. He markt woll, dar stickt wat achter, un
as he sik dalböögt, hett he ümmer en Oog up de lütte
Keerl, un as he süht, de anner kriggt en Pietsch rut,
do springt he up, ritt em de Pietsch weg un tagelt de
stackels lütte Keerl bruun un blau. Do löppt de gau
rut ut'e Stuuv, maakt in't Huus en Luuk in'e Del up,
un dar verswinnt he ünner.

As de beide annern na Huus kamen, do vertellt de
Trummler se, wodennig em dat gahn hett. Un do
moeten se ingestahn, se hett dat nich so slumpt, un
se woe'n geern weeten, wonem de lütte, griese Keerl
afbleven is. Do dreihn se en Tau vun Wicheln un
Beesen, un dar fiern se de Trummler – he is ja an

besten mit de lütte Keerl klaarkamen – em fiern se
dör de Luuk dal. Dar ünnen is dat balkendüüster, un
he tappt dar lang' rum, man denn finnt he in so'n
lütte Lock in'e Wand en lütte Fleut. He blaast dar
driest rin, un süh mal kiek, do steiht de lütte, griese
Keerl vör em un seggt, he schall em doch man jo nich
hau'n, he will em ja geern allens vertellen, wat he
weet. Un do vertellt he em, dar nedden sünd twee
wunnerbar smucke Königsdöchter, de sünd ver-
wünscht, un he kann se erlösen, wenn he nugg Moot
hett, un he, de lütte Keerl, will em dar uck bi helpen.

Dar in de Eck, seggt he, dar steiht en Buddel, dar
schall he dree Sluck ut drinken, un denn schall he
dat Swert nehmen, wat dar hängt oever de Dör, un
schall in de eerste Stuuv ringahn. Dar is de jüngste
Königsdochter in, seggt he, un en Draak passt up
ehr, de hett twee Köppe un puust' dat helle Füer ut
dat Muul, man mit dat Swert, seggt he, dar kann he
em mit oever warrn. He schall man tosehn, dat he 'n
guud drapen deit. De Trummler kriggt de Buddel her
un nimmt dree Sluck. Denn langt he sik dat Swert
dal un maakt de Dör up. Do slaan em grote Flammen
in'e Mööt, man he springt dar dör un haut mit een
Slag de Draak de beide Köppe af. Sodennig maakt he
de jüngste Königsdochter frie. Un se seggt em en
Barg Gold un ehr halve Königriek to, un se seggt, se
will sin Fruu warrn. Un dat he süht, se meent dat
eernst, do treckt se en Ring vun ehr Finger un gifft
'n de Trummler.

Man he will uck de anner Süster frie maken, fleutet
nochmal, un do bringt em de lütte, griese Keerl de
Buddel nochmal un wiest em na de Stuuv, 'nem de
öllste Königsdochter in sitt. Up ehr passt en Draak

up, de hett veer Köppe, man de haut he uck doot, un do is se uck erlöst.

Denn gahn se all dree na dat Tau, un de ehrliche Trummler lett eerst de beide Deerns hoochhieven. Man as he an de Tour is, do denkt he, vellicht sünd sin Frünnen falsch, un do binnt he to Proov en grote Steen an dat Tau. Un richtig: De Steen is halv hoochtrocken, do laten se 'n upmal wedder dalfallen. Sin Leven hett de Trummler nu ja rett', man wodennig schall he nu rupkamen? He geiht oeverall rum, un do kümmt he in en smucke Gaarn. Dar spazeert he up un dal, man de Tied ward em lang, un do kriggt he de Fleut rut un spelt sik dar en Stück up. Upmal steiht wedder de lütte, griese Keerl vör em un seggt, he schall man tomaken un dar nich rumdammeln un fleuten. Dat is al en Maand her, seggt he, sörre de Trummler de Königsdöchter erlöst hett, un vundaag schoe'n sin Kameraden mit se truut warrn. He schall sik man an sin Rockslippen fasthollen, seggt de lütte Keerl, denn so will he em rup drägen. De Trummler kriggt nu de Rockslippen faat, un de lütte, griese Mann flüggt mit em dör de Luft un bringt em sodennig wedder rup up'e Eerde. He wiest em uck noch de Weg na dat Königsslott, un dar löppt de Trummler nu hen, so gau as he kann.

He kümmt uck noch to rechter Tied an un mengeleert sik mang de Deeners. As de Supp updragen ward, do smitt he de Ring in de jüngste Königsdochter ehr Teller. Knapp hett se de Ring funnen, do springt se up un röppt ehr Süster to, se's Erlöser is dar, nu sünd se rett'. Do kümmt de Trummler na vörn, un se geven sik en Söten, un he vertellt, wodennig he is anscheten wurrn vun sin Kameraden un wodennig he sik rett' hett. De leege Kameraden kamen in't Kaschott un kriegen nie nich wedder en Sünnenstrahl to sehn. Un de Trummler ward de jüngste Königsdochter ehr Mann, un do leven se en lange Tied glücklich tohopen.

Dat gollne Slott

Dar is mal en König we'n un en Königin, de hebben in en Slott wahnt ut idel Gold. De Königin hett hexen kunnt. Mang allerhand anner Saken hett se en lütte Speegel hatt. Wenn de König utgahn is, denn hett se dar rinkeken, un denn hett se allens sehn kunnt, 'nem he hengahn is, wat he maakt hett, jüst so, as harr he liek vör ehr stahn. Un nich blots dat: Se hett em uck henstüern kunnt, 'nem se will.

Mal lett se de König wedder mal up de Aart spazeern gahn, un do kümmt he toletzt an de See. Un dat eerste, wat he dar finnen deit, dat is en Liek, de hebben de Bülgen dar wull anspöölt. He bekickt de Dode neeger, un do süht he, dat is en Matroos, de is verdrunken. Un sin Tüüg, dat dücht em so snaaksch, dat harr he bannig geern mitnahmen. Un do treckt he de Matroos dat Tüüg ut un treckt dat sülven an, un denn geiht he wieder.

Wieldes he dat daan hett, is de Königin in en anner Stuuv we'n, un as se nu t'rüggkümmt un kickt in ehr Speegel, do süht se dar nich mehr ehr Mann in, se süht en Matroos dar an de See. Do verfehrt se sik ja bannig, dat lett sik ja denken. Man de König is uck nich guud topass, he is bang', dar kunn een vun de Matroos sin Mackers kamen un em as Mörder un Deef inschappen laten. Un mit Sorg un Bangen geiht he hierhen un darhen un weet nich recht, wat he maken schall. Upletzt kümmt em en ole Wief in'e Mööt, un do fraagt he ehr, 'nem de Weg na dat gollne Slott is. Dat gollne Slott, seggt de Oolsch, dar hett se noch nümmer nix vun hört, dat kann nich an de dare Kant liggen. Un een kann dat ja uck sehn an sin Tüüg, seggt se, he is nich vun dar. Man he schall

74

man mit ehr kamen, seggt se, na de Königin vun de krupen Deerten, de kann em vellicht Bescheed geven.

Do geiht de König mit ehr mit, un do kamen se an dat Slott vun de Königin vun de krupen Deerten. Se kloppen an, un do maakt en lütte Peit de Dör up, un as de König seggt hett, wat he will, do bringt de Tuuts em na de Königin. De sitt up en allmächtige Thron, un um ehr rum sünd alle Slag'en vun krupen Deerten: Snicken, Slangen, Tuutsen, Veerbeens[1] un so. De König seggt fründlich gu'n Dag, un denn fraagt he ehr, um se nich weet, wonem dat gollne Slott liggen deit. Dat gollne Slott, seggt de Königin heel verbaast, dar hett se noch nümmer nix vun hört, dat mutt sachs wied weg liggen. Man vellicht weet dat ja een vun ehr Lüüd, seggt se. Denn fleutet se dreemal, un do kamen dar en Masse Slangen, Snicken un anner Wormtüügs ankrapen vun alle Sieden, man nich een vun all de Deerten hett wat hört vun't gollne Slott. Tja, seggt de Königin, dat deit ehr leed, se kann em nich helpen, man dat maakt nix, seggt se, se will em een mitgeven, de schall em henbringen na de Königin vun de lopen Deerten. De steiht een Graad höger as se, seggt se, de kann em ehrer seggen, wonem dat gollne Slott liggen deit. Un darmit winkt se en lütte Slang ran, de schall mit em gahn. Do seggt he velen Dank to de Königin un treckt afste' mit de Slang.

Se sünd al en lange, lange Enne gahn, do blifft de Slang stahn vör en Slott, un de König kloppt dar an. Do kümmt dar en Hund un maakt de Dör up. De König seggt velen Dank to de Slang, un denn ward

---

[1] Veerbeen = Eidechse

he vör en prachtvulle Thron bröcht mit allerhand feine Fellen up. Dar sitt de Königin vun de lopen Deerten up, un um ehr rum steiht ehr Hoffstaat: Löwen, Baren, Tigers, Wülf, Hirschen un allerhand anner Deerten mit veer Fööt. He seggt ja fründlich gu'n Dag un fraagt ehr, um se em nich kann seggen, wonem dat gollne Slott liggen deit. Nee, seggt se, dar hett se noch nümmer nix vun hört, man vellicht kennt een vun ehr Lüüd dat ja. Un do fleutet se dreemal, un do kamen dar Hünne un Katten, Hasen un Vöss, Rotten un Müüs un Gott weet wat noch för Deerten anlapen, uck Baren, Löwen, Kameelen un so. Un de Königin fraagt se, um se nich weeten, wonem dat gollne Slott liggen deit. Do denken se all lang' na, man toletzt seggen se all, nee, dat weeten se nich. Do ward de König bannig trurig, man de Königin seggt, he schall man de Kopp nich hängen laten. Se will em een mitgeven, seggt se, de schall em henbringen na de Königin vun de fleegen Deerten, de steiht noch een Graad oever ehr. Man wenn de dat uck nich weet, denn so kann em keeneen up'e Welt helpen. Un se winkt en lütte Katt ran, de schall em henwiesen. Do seggt de König velen Dank to de Königin un geiht mit de Katt afste'.

Se hebben al männig en Schritt un Tritt maakt, do kamen se toletzt an dat Slott vun de Königin vun de fleegen Deerten. De lütte Katt miaut, un do kümmt dar en smucke witte Swaan, maakt de Dör up un bringt de König na dat Slott rin un hen na de Königin. De sitt up en prachtvulle Thron, de is utstaffeert mit smucke Feddern in all Klören, un up'e Kopp hett se en Kroon vun noch smuckere Feddern. Rund um'e Thron steiht ehr Hoffstaat, dat sünd Vageln vun alle Kanten vun'e Welt: Adlers, Pagelunen, Papageien,

Swaans, Duven un Nachtigallen, de singen smucke Leeder. De König maakt en Bückling un seggt, he hett sik verlapen, un nu weet he nich mehr, wodennig he na dat gollne Slott kamen schall. Dat gollne Slott, seggt se verbaast, dar hebben ehr Deerten ehr nie nich wat vun vertellt, un de fleegen doch in de heele Welt rum. Man se will se noch mal fragen, seggt se, un denn fleutet se, un do kamen dar en Masse Vageln in de Saal. Wokeen vun se dat gollne Slott kennen deit, fraagt de Königin, man keeneen seggt wat. Do fleutet se noch mal, un do kamen dar noch vel mehr Vageln rin, man vun de kennt uck keeneen dat gollne Slott. Do fleutet se dat drütte Mal, un do kamen de afsünnerlichsten Vageln vun de Welt um ehr rum. Dreemal fraagt se de, wokeen dat gollne Slott kennen deit, man se hollen all se's Swiegstill un kieken blots verbaast, dar hebben se noch nümmer nix vun hört. De stackels König will rein vertwiefeln. Do süht een vun de Vageln heel wiet weg in de Luft en lüerlütte Punkt, de kümmt ümmer neeger un ward ümmer grötter, un toletzt sehn se, dat is en Adebar. De Königin ward dull, dat 'n nich foorts kamen is, as se rapen hett, un will weeten, wonem 'n so lang' we'n is. Och, seggt de Adebar, se schall man nich bös we'n, he kümmt vun so wied weg. As se dat eerste Mal fleutet hett, seggt he, do hett he jüst up dat gollne Slott seten. De König jumpt ja rein dat Hart in't Liev, so freut he sik, un he bedankt sik bannig bi de Königin. Un de gifft em de Adebar mit, dat de em na Huus bringt. Un do sett sik de König up'e Adebar sin Rügg, un de flüggt mit em dör de Luft, so hooch, de gröttsten Städer sehn ut as Pissmiernnester. Dicht bi dat gollne Slott geiht de Adebar denn suutje ümmer wieder dal, un toletzt lannen se vör dat Slottsdoor.

Een kann sik ja denken, dat de Königin sik freut, as se ehr Mann weddersehn deit, se hett ja al lang dacht, he is doot. Un de König freut sik uck un we'n wedder to Huus bi sin Fruu. As se sik nu nugg Sötens geven hebben un hebben sik utweent, do seggt de König to de Adebar hunnertdusendmal Dank, dat he em dar henbröcht hett, un he fraagt em, wodennig se dat wedder guudmaken koenen. Wat he hebben will, seggt de König, will he em geven. Do seggt de Adebar, he will nix hebben as de König sin eerste Soehn, de will he bi soeven Jahr afhalen. Un denn is he weg. Dar steiht de König nu un kickt de Königin stief un stumm an. Se hebben ja noch keen Kind, man se koenen sachs binnen soeven Jahr noch een kriegen.

Un so kümmt dat denn uck. Dar is noch keen Jahr rum, do kriggt de Königin en lütte Jung, en bannig smucke Bengel. Un as de Jung öller ward, do ward he ümmer smucker un klöker, man de König un de Königin, de hebben dar keen rechte Freud an, se denken ümmer an dat soevente Jahr un de Adebar.

Toletzt is dat sowied, de soeven Jahr sünd rum. Do is dar Truer in't heele Slott, man de König lett allens fein utstaffern, se woe'n de Adebar doch willkamen heeten, as sik dat hören deit. Se hebben dat man knapp t'recht, do kümmt de Adebar uck al anfleegen. Mit Tranen in'e Ogen bringen de König un de Königin se's Soehn dar hen. De Adebar schall em doch man nich dootmaken, seggen se blots. As de Adebar dat süht, do sleit he vör Freud mit de Flünken un klappert se to, se schoe'n se's Soehn man beholen, se hebben se's Woort holen wullt, dat langt de Königin vun de fleegen Deerten. Wat dat för'n Juchhei in't Slott gifft, dat lett sik nich beschrieven. De König maakt en grote Fest, un de Adebar sitt mit an'e Disch un hett en grote Fatt vör sik mit de feinste un fettste Hoppetuutsen[1] in, de dar to finnen we'n sünd. Na dat Eten danzt de Adebar toeerst mit de Königin, un he blifft uck noch en paar Daag dar, man denn seggt he adjüs un flüggt weg.

Man de König un de Königin leven mit se's Soehn in Glück un Freud, un is dat gollne Slott nich tohopenfullen, denn so steiht dat noch. – Wonem? Dat musst du de Adebar fragen.

---

[1] Hoppetuuts = Frosch

De Königssoehn

Dar is mal en Königssoehn we'n, de is up Jagd reden mit sin Deeners. He hett al de heele Dag jaagt, man drapen – drapen hett he nix. He will jüst wedder na Huus t'rüggrieden, do ward he en Reh wies, en Rick. He foorts achterran, dat he doch tominnst *wat* mit na Huus bringen will. Man ümmer, wenn he meent, nu is he dicht nugg ran, dat he 'n mit sin Speer smieten kann, denn is 'n wedder weg. Bi dat kümmt he heel un deel vun sin Mackers af, un do rieden de ahn em na Huus.

Toletzt löppt dat Reh oever en Brügg, de Königssoehn achter 'n ran. Knapp is he roever, do fallt de Brügg achter em tohopen, un vör em steiht keen Reh, nee, dar steiht en grimmige[1] ole Wief un seggt, he schall mitkamen. Do mutt he dat doon, um he nu will oder nich. Se kamen na en Slott, dat liggt dar merrn in't Holt, dar wahnt se in mit ehr dree Deerns. De beide öllste Döchter sünd jüst so morsgrimmig as de Oolsch un jüst so unfründlich, man de jüngste, de is smuck un fründlich.

Na en Tied seggt de Oolsch to em, he schall ehr öllste Dochter heiraden. Man dat will he nich, de Jüngste, seggt he, de will he woll nehmen. Man dat will de Oolsch nu wedder nich, un se un de beide öllste Süstern passen scharp up, dat he se jo nich utneihn kann. Man he kriggt dat doch t'recht un seggen to de Jüngste, dat he ehr leev hett, un se mag em uck vun Harten geern lieden. Do maken se sik dat af, se woe'n utneihn.

---

[1] grimmig = hässlich (dän. grim)

Een Nacht in'e Harvst lopen se weg. Man de neegste Morrn maakt de tweete Süster sik achter se ran. As de Jüngste markt, dat is een achter se, do maakt se sik gau to en Rosenbusch un ehr Leevste to en Roos. Do dreiht de Süster um un vertellt, se hett de beiden nich finnen kunnt, un uck, dat se merrn in't Holt en Rosenbusch sehn hett. Do schimpen ehr Mudder un ehr Süster ehr ut, dat se de Rosenbusch nich mitbröcht hett.

Nu mutt de öllste Dochter achter se ran. As se de beiden up'e Spoor is, do maakt ehr Süster sik to en Karussell un ehr Leevste to de Baas darvun, de sitt in'e Mitt un lest in en Book. Do dreiht de Öllste um un vertellt, se hett nix funnen, un wat se sehn hett in't Holt.

Nu jaagt de Oolsch sülven achter se ran. Dütmal maakt de jüngste Dochter sik to en Diek un de Königssoehn to en Ent, de swümmt dar up. Man se hett em wahrschuut, he schall nich to dicht an't Över swümmen. De Oolsch versöcht un locken de Ent mit Broot, un mal meent se, nu is 'n dicht nugg bi, un grippt darna mit'e Hand. Man do verleert se de Balangs, fallt in't Water un versüppt.

De twee Leevsten gahn se's Weg nu wieder, un toletzt kamen se uck glücklich na de Königssoehn sin Tohuus. Vör dat Door maken se af, de Bruut schall noch buten blieven, un he geiht rin. Do dröppt he dar blots noch sin Mudder an't Leven, sin Vadder is dootbleven. As he nu wedder t'rüggkamen is, do gifft dat en grote Juchhei, un een Fest jaagt dat anner. Bi dat denkt he gar nich mehr an sin Bruut, un wat he in't Holt belevt hett, dat kümmt em vör as en Droom.

Wieldes töövt de Bruut buten bet to de Dag, de se af-
maakt hebben. Man he kümmt nich, un do verkleed't
se sik, geiht rin in't Slott un fraagt um en Deenst. Do
ward se dar annahmen as Kamerdeern, un se is so
flink un so t'rügghollern, de Königin mag ehr geern
lieden. Man ehr Leevste, de kriggt se nich to sehn.
Do wünscht se sik mal en prachtvulle Kleed, dar
sünd all de Steerns an'e Heven up to sehn, un dat
kriggt se uck, denn se kann ja hexen. Dat dare Kleed
wiest se de Königin, un de gefallt dat so oever de
Maten guut, se will ehr dat afkopen. Man för Geld
will de Deern dat nich hergeven, se will ehr dat
schenken, wenn – ja, wenn se een Nacht in'e Königs-
soehn sin Slaapkamer tobringen dörf. Dar gifft de
Königin ehr Verlööv to, man se gifft ehr Soehn vör-
her en Slaapdrunk, un so ward de nix wies vun'e
Kamerdeern. De Deern versöcht un kriegen em waak
mit Weenen un Jammern, toletzt mit Rütteln un
Schütteln, man dat helpt all nich. He slöppt bet an'e
helle Dag, un do mutt se wedder rut ut'e Kamer.

Do wünscht se sik en prachtvulle Dook, dat is be-
stickt mit Gold un Parlen un lücht't as de Sünn. Dat
dare Dook wiest se wedder de Königin un schenkt
ehr dat mit desülve Bedingen. Man dütmal nimmt de
Königssoehn de Slaapdrunk nich. Een vun sin Dee-
ners hett em dat verraden, wat de Königin vördem
daan hett. As nu de Deern wedder in sin Kamer
weent un jammert, do ward he waak, un do kennt he
ehr wedder. Un nu markt he uck, wat he in't Holt
belevt hett, dat is keen Droom we'n. Un he besinnt
sik dar up, wat he de Deern toseggt hett, un de an-
ner Dag nimmt he de Deern to Fruu, un do leven se
glücklich tohopen.

Dat smucke Slott oosten de Sünn un noorden de Eerde

Dar is mal en Mann we'n, de hett in't Holt wahnt. Dicht bi sin Huus is en Wisch we'n, dar hett feine Gras up wussen. An de dare Wisch, dar hett em bannig vel an legen, un he hett 'n wahrt, mehr as allens anner. Man wenn in'e Sommer morrns de Sünn upgeiht, denn süht he faken, dat feine Gras is dalpedd't, un in'e Dau süht dat dar ut na, dat dat Minschenfööt we'n sünd. Dat ward de Mann argern, un he will bannig geern rutkriegen, wokeen em bi Nacht sin Gras dalpedden deit.

Nu overleggt de Buer, wodennig he dat rutkriegen kann, un do schickt he sin öllste Soehn hen, de schall uppassen up'e Wisch. De Jung seggt, he will sin Best doon, un geiht hen. Man dat kümmt anners. He hett noch nich lang' waakt, do föhlt he sik so gresig möö', un as dat up Middernacht geiht, do slöppt he deep un fast. Un he ward eerst waak, do is de Sünn al upgahn. So geiht he denn wedder na Huus to un hett nix beschickt, man dat Gras is wedder dalpedd't as ümmer. De neegste Avend schall de tweete Soehn rut un passen up'e Wisch. Grootsnutig seggt he, he will de Wisch woll wahren. Man liekers geiht em dat nich beter as sin Broder, dat duert nich lang', do ward he möö'. He slöppt in un ward eerst waak, do is dat al Dag. Sodennig mutt he uck wedder na Huus un hett nix beschickt. Man de Wisch is dalpedd't as ehrdem.

De Buer dücht dat snaaksch, man he will dar nich mehr an denken un schüfft dat heel bisiet. Do geiht de jüngste Soehn hen na sin Vadder un fraagt, um he nich dörf hengahn un passen up. Dat is de Möög-

de nich weert, seggt de Buer, he is ja noch so lütt.
Dat lett sik knapp denken, dat he dat beter maakt as
sin Bröder. Man de Jung seggt, he will dat geern
versöken, un do gifft de Ole em Verlööv. He geiht
denn hen na de Wisch, man sin Vadder un sin
Bröder, de meenen ja, se weeten al, wat dar bi rut-
suert.

De Jung leggt sik ja dal, un he blifft waak un luert,
man dar is nix to sehn, bet dat hen to Morrn geiht un
de Sünn al meist upgahn will. Do hört he mitmal wat
in'e Luft, dat hört sik an, as wenn dar Vageln flee-
gen, un do kamen dar dree Duven dal up'e Wisch. Na
en lütte Stoot leggen de Duven se's Feddern af, un do
sünd dat dree smucke Jumfern. Un de dree Jumfern
kamen bi un danzen up dat gröne Gras, un se dan-
zen so smuck, se's Fööt kamen knapp up'e Grund.
Nu weet de Jung, wokeen sin Vadder sin Wisch üm-
mer dalpedd't, man he weet nich recht, wat he vun
de dree Jumfern denken schall. Nu is dar een mang,
de dücht em smucker as all anner Fruunslüüd, un he
meent, ehr will he geern hebben, leever as jichens en
anner een up'e Welt.

As he dar denn en Tied legen hett un hett tokeken bi
de Danz, do steiht he gau up un klaut de Jumfern de
Fedderkleeder. Un denn leggt he sik wedder up'e
Luer, he will doch mal sehn, wat darbi rutsuern deit.

Fröh morrns, jüst as de Sünn upgahn will, do holen
de dree Jumfern up mit danzen un woe'n geern wed-
der afste', man se koenen se's Fedderkleeder nich
finnen. Do verfehrn se sik un lopen de Wisch up un
dal, un upletzt kamen se an de Stä', 'nem de Jung
liggen deit. Do fragen se em, um he hett se's Fed-
derkleeder nahmen, un se ficheln, he schall se de

84

doch man weddergeven. Ja, seggt he, ne hett se nahmen, man weddergeven deit he se blots ünner twee Bedingen. Tjä, nu helpt de Jumfern all se's Bidden nix, un do fragen se de Jung na sin Bedingen un seggen, se woe'n allens doon, wat he verlangt. Do seggt de Jung, he will weeten, wokeen se sünd un wonem se herkamen. Do seggt de eene, se is en Königsdochter, un de anner beiden sünd ehr Kamerdeerns. Se kamen vun dat Slott oosten de Sünn un noorden de Eerde, 'nem keen Minsch henkamen kann. Do seggt de Jung, sin tweete Bedingen is, de Königsdochter schall sik mit em verspreken up Truu un Gloven, un se schall de Dag för se's Hochtied fastsetten, denn ehr will he hebben un keen anner. Nu is dat al hooge Tied, de Sünn kickt al oever Toppen vun'e Böme in't Holt, un so mutt se dar up ingahn. Do versprickt de smucke Königsdochter sik mit de Jung, un se seggen sik to, se woe'n sik nich anschieten. Un do gifft he se foorts se's Fedderkleeder wedder, seggt adjüs to sin Bruut, un denn stiegen de dree Jumfern up in'e Luft, un weg sünd se.

As dat nu Dag ward, do geiht de Jung wedder na Huus, un do fragen se em ja, wat he hett sehn un hört in de Nacht. Man he seggt nix na, he seggt, he hett so fast slapen, he hett nix rutkriegen kunnt. Do maken sin Bröder Narr na em un brüden em, dat he meent hett, he kunn mehr beschicken as se, wo se doch allens beter koenen as he.

Dar is en lange Tied vergahn, un de Dag kümmt neeger, de de Königsdochter fastsett hett för de Hochtied. Do seggt de Jung to sin Vadder, he schall en Fest ansetten un dar al sin Frünnen to inladen. De Buer deit dat un stellt to to en grote Fest, un dat fehlt nich an Natt noch Dröög. Man hen to Middernacht, de Gäste sünd all fein toweg', do hören se vun buten Larm, un do kümmt dar en feine Waag an mit wecke kralle Perde darvör, un in de Waag sitt de Königsdochter, antrocken as en Bruut, un bi ehr sünd de beide Kamerdeerns. Do wunnern de Gäst sik all, dat lett sik ja denken. Man de Jung heet sin Bruut willkamen un vertellt denn de Lüüd, wat em bemött is in de Nacht, as he hett sin Vadder sin Wisch wahrt. Denn fiern se Hochtied, un all, de de Bruut sehn, de seggen, de Jung hett in'e Glücksputt langt mit so'n Bruut.

Ehrer dat Dag ward, seggt de Prinzessin, se will afste'. Do ward de Brüdigam trurig un fraagt, um se em nich noch kann een Stunn schenken. Do seggt se, ehr Vadder, seggt se, de is Herr we'n up dat smucke Slott oosten de Sünn un noorden de Eerde. Denn hett en Ries em doothaut, un de hett ehr nu inspunnt, un se kann dar blots rut een Stunn vör Middernacht, un is se nich t'rügg, ehrer de Sünn upgeiht, seggt se, denn so geiht ehr dat an't Leven. Do will de Jung sin Bruut nich t'rüggholen, he seggt se schall man maken, dat se wedder henkümmt un guud ankamen deit. To'n Andenken gifft de Königsdochter em en gollne Ring, un de beide Kamerjumfern geven em elk en Goldappel. Denn stiegen se in se's gollne Waag, un weg sünd se.

Vun de Dag an kann de Jung dat to Huus nich mehr utholen, he denkt dar blots ümmer an, wodennig he kann henkamen na dat smucke Slott oosten de Sünn un noorden de Eerde. Un so geiht he een Dag hen na sin Vadder un seggt, he will afste' un hen na sin Bruut. Ja, seggt de Ole, dat dücht em uck dat Richtigste, man dar ward sachs nich vel bi rutsuern. Do seggt de Jung adjüs un treckt los.

He wannert oever Bargen un gröne Slunken, he kümmt dör en Masse grote Königrieken, man keen een kann em wat seggen vun dat smucke Slott. Do kümmt he mal an en grote Holt. In't Holt hört he en grote Larm, un as he wiedergeiht, do ward he twee Riesen wies, de hebben sik düchtig in'e Wull. Do fraagt he, warum se sik hau'n un strieder. Tjä, seggt de eene Ries, se's Vadder is dootbleven, un se hebben sin Kraam deelt. Man dar is en Paar Steveln, un dar koenen se sik nich um eenig warrn, wokeen de hebben schall. Do seggt de Jung, he will se's Striet ut'e Welt schaffen. Wenn se sik nich eenig warrn koenen, seggt he, denn schoe'n se em man de Steveln schenken. He is en Wannersmann un hett noch en lange Weg vör sik. Dat mag woll angahn, seggt de Ries, man mit de dare Steveln is dat nich so as mit anner Steveln. De de dare Steveln anhett, seggt he, de kann hunnert Mielen gahn in elkeen Richt. As de Jung dat hört, do will he de Steveln noch vel leever hebben un seggt, se schoe'n se em doch man schenken, denn sünd se doch de Grund för se's Striet los. Un as he nu so för sik snackt, do dücht de Riesen doch, dat is en gude Raat, un do maken se dat so, as he seggt hett. Un do nimmt de Jung de Steveln, 'nem he hunnert Mielen in elkeen Richt mit gahn kann, un wannert wieder, wied weg in frömde Länner.

He is al en arige Tied rumreist, do kümmt he wedder an en Holt, dar is en grote Larm un Stahoi in to hören. He geiht wieder, un do ward he twee Riesen wies, de sünd düchtig bi un schimpen sik. Do fraagt he, warum se sik strieden doon. Tjä, seggt de eene Ries, se's Vadder is dootbleven, un se hebben sin Kraam deelt. Man dar is en Mantel, un dar koenen se sik nich um eenig warrn, wokeen de hebben schall. Do seggt de Jung, he will se's Striet ut'e Welt schaffen. Wenn se sik nich eenig warrn koenen, seggt he, denn schoe'n se em de dare Mantel man schenken. He is en Wannersmann un hett noch en lange Weg vör sik. Dat mag woll angahn, seggt de Ries, man mit de dare Mantel is dat nich so as mit anner Mantels. De de dare Mantel anhett, seggt he, de is nich mehr to sehn. As de Jung dat hört, do will he de Mantel noch vel leever hebben un seggt, se schoe'n 'n em doch man schenken, denn sünd se doch de Grund för se's Striet los. Un as he nu so för sik snackt, do dücht de Riesen doch, dat is en gude Raat, un do maken se dat so, as he seggt hett. Un do nimmt de Jung de Mantel, de em unsichtbar maakt, un wannert wieder, wied weg in frömde Länner.

He is nu wedder en arige Tied rumreist, do kümmt he wedder an en grote Holt, dar is en grote Larm un Stahoi in to hören. He geiht wieder, un do ward he twee Riesen wies, de hebben sik düchtig bi de Klatten. Do fraagt he, warum se sik strieden doon. Tjä, seggt de eene Ries, se's Vadder is dootbleven, un se hebben sin Kraam deelt. Man dar is en Swert, un dar koenen se sik nich um eenig warrn, wokeen dat hebben schall. Do seggt de Jung, he will se's Striet ut'e Welt schaffen. Wenn se sik nich eenig warrn koenen, seggt he, denn schoe'n se em dat Swert man schenken. He is en Wannersmann un hett noch en lange Weg vör sik. Dat mag woll angahn, seggt de Ries, man mit dat dare Swert is dat nich so as mit anner Swerter. De mit de Spitz vun dat dare Swert antickt ward, seggt he, de fallt foorts um un is doot, man tickt 'n em an mit dat Hecht, denn so ward he foorts wedder lebennig. As de Jung dat hört, do will he dat dare Swert bannig geern hebben un seggt, se schoe'n em dat doch man geven, denn sünd se de Grund för se's Striet doch los. Un as he nu so för sik snackt, do dücht de Riesen uck, dat is en gude Raat, un do maken se dat so, as he seggt hett. Un do binnt de Jung sik dat Swert um, treckt de Hunnertmielen-steveln an un hängt sik de Mantel oever de Schuller, un em dücht, nu is he fein utstaffeert to sin lange Reis.

As dat een Avend mal düüster warrn will, do kümmt de Jung in en wööste Gegend, de will un will keen Enne nehmen. He kickt sik um na alle Sieden un söcht en Stä', 'nem he Nacht blieven kann. Do ward he dar en lüerlütte Licht wies, dat schemert dör de Böme. De Jung geiht dar hen, un do finnt he dar en lüerlütte Kaat, dar wahnt en ganz, ganz ole Wief in. Se süht ut, as harr se al so vel Minschenöllers achter sik, as anner Lüüd Winters leven doon. De Jung geiht rin, seggt fründlich „Gu'n Avend" un fraagt de Oolsch, um se em upnehmen will för de Nacht. Do fraagt de Oolsch em, wokeen he is, dat he so fründlich gröten deit. Se wahnt dar al so lang', seggt se, twölfmal is dar en Eekenholt hoochwussen un twölf-mal is dat Eekenholt wedder verrott', man dar is noch keeneen kamen un hett so fründlich „Gu'n Avend" seggt. He is en arme Wannersmann, seggt de Jung, un he söcht dat smucke Slott oosten de Sünn un noorden de Eerde, un he fraagt, um se em nich kann de Weg darhen wiesen. Nee, seggt se, dat kann se nich, man se regeert oever all de Deerten up'e Eerde, vellicht is dar een mang un kann em helpen. Do seggt de Jung „Velen Dank" un bliift de Nacht dar.

As an'e neegste Morrn de Sünn in Oosten upgeiht, do röppt de Oolsch all ehr Volk tohopen. Do kamen all

Slag'en vun Deerten ut't Holt anlapen, Baren, Wülf, Vöss un wat nich allens, un fragen, wat se's Königin vun se will. De Oolsch seggt, se will weeten, um dar een is mang se, de de Weg kennt na dat smucke Slott oosten de Sünn un noorden de Eerde. Do steken de Deerten de Köppe tohopen un raatslaan en lange Tied, man keeneen weet wat vun dat smucke Slott. Do seggt de Oolsch to de Jung, se kann em nich wieder helpen. Man wecke dusend Mielen vun dar, dar wahnt ehr Süster, de regeert oever de Fisch in'e See, vellicht weet de beter Bescheed. Do bedankt de Jung sik, seggt adjüs to de Oolsch un treckt wieder.

He is wedder en wiede, wiede Weg gahn, do kümmt he avends laat in en grote, wööste Gegend. He kickt sik um na all Sieden un söcht en Stä', 'nem he Nacht blieven kann. Do ward he dar en lüerlütte Licht wies, dat schemert dör de Böme. He geiht dar hen, un do finnt he dar en lüerlütte, windscheeve Kaat an'e Kant vun'e See, dar wahnt en ganz, ganz ole Wief in. Se süht ut, as harr se al so vel Minschenöllers achter sik, as anner Lüüd Maanden leven doon. De Jung geiht rin, seggt fründlich „Gu'n Avend", bestellt Gröten vun ehr Süster un fraagt de Oolsch, um se em upnehmen will för de Nacht. Do fraagt de Oolsch em, wokeen he is, dat he so fründlich gröten deit. Se wahnt dar al so lang', seggt se, veeruntwintigmal is dar en Eekenholt hoochwussen un veeruntwintigmal is dat Eekenholt wedder verrott', man dar is noch keeneen kamen un hett so fründlich „Gu'n Avend" seggt. He is en arme Wannersmann, seggt de Jung, un he söcht dat smucke Slott oosten de Sünn un noorden de Eerde, 'nem keeneen henkamen kann, un he fraagt, um se em nich kann de Weg darhen wiesen. Nee, seggt se, se kann dat sachs nich, man se regeert oever all de Fisch in'e See, vellicht is dar een mang un kann em helpen. Do seggt de Jung „Velen Dank" un blifft de Nacht dar.

As dat de neegste Morrn Dag ward, do röppt de Oolsch all ehr Volk tohopen. Do kamen all Slag'en vun Fisch ut'e See answummen, Wallfisch, Hekt, Stint un wat nich allens, un fragen, wat se's Königin vun se will. De Oolsch seggt, se will weeten, um dar een is mang se, de de Weg kennt na dat smucke Slott oosten de Sünn un noorden de Eerde, 'nem keeneen henkamen kann. Do raatslaan de Fisch en lange Tied, man keeneen weet wat vun dat smucke Slott. Do seggt de Oolsch to de Jung, se kann em nich wiederhelpen. Man se hett noch en Süster de wahnt wecke dusend Mielen vun dar, un de regeert oever de Vageln in'e Luft. Dar schall he man hengahn, un wenn de keen Raat weet, denn so is dar keen Raat. Do bedankt de Jung sik vör ehr Möögde, seggt adjüs to de Oolsch un treckt wieder.

He is wedder en heel lange Enne reist, vel dusend Mielen, do kümmt he avends laat in en grote wööste Gegend, de hett gar keen Enne, as dat schient. He kickt sik um, wonem he woll Nacht blieven kann, do ward he en lüerlütte Licht wiest, dat schemert dör de Böme. He geiht dar hen, un do steiht dar en lüerlütte, windscheeve un rummelige Kaat baven up'e Barg. In'e Kaat, dar wahnt en ganz, ganz ole Fruunsminsch. Se süht ut, as harr se al so vel Minschenöllers achter sik, as anner Lüüd Daag leven doon. De Jung geiht dar rin, seggt fründlich „Gu'n Avend", bestellt Gröten vun de Oolsch ehr Süstern un fraagt, um he nich kann de Nacht dar blieven. Do fraagt de Oolsch em, wokeen he is, dat he so fründlich gröten deit, un wonem he herkümmt. Se wahnt dar al so lang' seggt se, achtunveertigmal is dar en Eekenholt hoochwussen un achtunveertigmal is dat Eekenholt wedder verrott', man dar is noch keeneen kamen un hett so fründlich „Gu'n Avend" seggt. He is en arme Wannersmann, seggt de Jung, un he söcht dat smucke Slott oosten de Sünn un noorden de Eerde, 'nem keen Minsch henkamen kann, un he fraagt, um se em nich kann de Weg darhen wiesen. Nee, seggt se, se sülven kann dat sachs nich, man se regeert oever all de Vageln in'e Luft, vellicht is dar een mang un kann em helpen. Do seggt de Jung „Velen Dank" un blifft de Nacht dar.

Noch ehrer an'e neegste Morrn de Hahn kreiht, röppt de Oolsch all ehr Volk tohopen. Do kamen dar all Slag'en vun Vageln anflagen, Adler, Swaan, Haavk un wat nich all, un fragen, wat se's Königin vun se will. De Oolsch seggt, se hett se rapen, wiel dat se geern weeten will, um een vun se kennt de Weg na dat smucke Slott oosten de Sünn un noorden de Eerde. Do raatslaan de Vageln lange Tied, man denn wiest sik dat, keeneen vun se weet wat vun dat smucke Slott. Do ward de Oolsch gnadderig un fraagt, um se all dar sünd, se kann de Vagel Phönix nich sehn. Nee, seggen de Vageln, de Vagel Phönix is noch nich dar.

Se luern un luern, un do sehn se de smucke Vagel dör de Luft anfleegen, man de is so möö', dat 'n knapp kann de Flünken roegen, un sackt man so dal up'e Eerde. Nu freu'n se sik all, dat de Vagel Phönix dar is, man de Oolsch is bannig vergrellt un fraagt 'n, warum 'n ehr so lang' hett luern laten. De stackels Vagel mutt sik eerst en beten verpuusten, denn seggt 'n, se schall doch man nich böös we'n, dat 'n so laat kamen is, man dat is so'n unbannig lange Weg we'n. Ganz wied weg is 'n we'n, seggt 'n, bi dat smucke Slott oosten de Sünn un noorden de Eerde. Do is de Königin wedder tofreden un seggt, to Straaf schall de Vagel nochmal na dat smucke Slott henfleegen un schall de Jung mitnehmen.

Dat dücht de Vagel Phönix bannig hart, man wat schall 'n maken? De mutt ja doon, wat de Oolsch seggt. Do seggt de Jung de Oolsch adjüs un sett sik up'e Vagel sin Rügg. De driggt em denn hooch in'e Luft, oever Barg un Slunk, oever de blaue See, oever Wisch un Holt.

Se sünd al lang' reist, do fraagt de Vagel Phönix de Jung, um he nix sehn kann. Jo, seggt de Jung, em dücht, dar is en blaue Wulk an'e Rand vun'e Heven. Dat is dat Land, 'nem se hen woe'n, seggt de Vagel. Se reisen en lange, lange Weg un dat duert bet hen to Avend. Do fraagt de Vagel Phönix wedder, um he nix sehn kann. Jo, seggt de Jung, he süht en Plack in'e Wulk, de schient so klaar as de Sünn sülven. Dat is dat Slott, seggt de Vagel, dar woe'n se hen. Nu reisen se noch en lange, lange Weg, un dat duert bet hen to Nacht. Do fraagt de Vagel Phönix de Jung to'n drütten Mal, um he nix süht. Jo, seggt he, he süht en grote Slott, dat lücht't rundum vun icel Gold un Sülver. Nu sünd se dar, seggt de Vagel un flüggt rünner up'e Eerde un sett em dal up'e Grund. De Jung seggt velen Dank för de Mars, de de Vagel hatt hett, un denn flüggt de Vagel Phönix wedder hen, 'nem se herkamen sünd.

Um Middernacht slapen all de Riesen, un do geiht de Jung na de Slottspoort un kloppt an. Do schickt de Königsdochter ehr Kamerdeern hen, se schall nakieken, wokeen dar so laat kamen is. As de Deern an't Slottsdoor kümmt, smitt de Jung ehr en gollne Appel to un seggt, se schall em doch rinlaten. De Deern süht, dat is ehr eegne Appel, un do weet se, wokeen dar kamen is. Se foorts hen na de Königsdochter un vertellt ehr dat. Man de will ehr dat nich gloven, wat se vertellt.

Nu schickt de Prinzessin de anner Kamerdeern hen. Un as de an'e Slottspoort kümmt, do smitt de Jung ehr de anner Goldappel to. De kennt se ja foorts wedder, dat is ehr eegne Appel, un do löppt se gau na de Königsdochter un vertellt ehr, wokeen dar buten is. Man de will dat noch ümmer nich gloven, un do geiht se sülven hen un fraagt, wokeen dar ankloppen deit. Do gifft de Jung ehr de Goldring, de hett se em ja sülven geven, un do weet se, ehr Brüdigam is dar. Do maakt se de Poort up, lett em rin un fallt em um'e Hals, dat lett sik ja denken

Denn sett de Jung sik dal bi sin smucke Bruut, un se snacken vull Leev de heele Nacht. Man hen to Morrn ward de Königsdochter bannig trurig un seggt, nu moeten se vuneen gahn. Wenn he ehr leev hett, seggt se, denn schall he sehn un kamen weg, ehrer de Riesen waak warrn, anners geiht em dat an't Leven. Do seggen sik Bruut un Brüdigam adjüs, un de Königsdochter weent vel solte Tranen. Man de Jung will nich utneihn. He smitt sik sin Mantel um, treckt de Hunnertmielensteveln an un snallt sin Swert um, un denn is he praat un nehmen dat up mit de Riesen.

Fröh morrns ward dat lebennig, do röhrt sik allens in't Slott. De Slottspoort ward upmaakt, un denn kamen de Riesen an, een na de anner. Man de Jung steiht an'e Ingang mit sin Swert in'e Hand, un wenn de Riesen rinkamen, denn haut he se foorts de Kopp af, ehrer se em wies warrn. Un dat dare Spillewark hollt nich ehrer up, as bet all de Riesen doot dar liggen. As dat denn Dag ward, do schickt de Königsdochter ehr Kamerdeerns hen, se schoe'n nakieken, wodennig dat aflapen is. De Deerns kamen t'rügg un vertellen, de Jung levt noch un de Riesen sünd all doothaut. Do freut sik de Prinzessin un meent, nu sünd all ehr Wehdaag vörbi.

As se de eerste Freud achter sik hebben, do seggt de Prinzessin, nu kann se's Glück knapp noch grötter warrn. Blots een Deel fehlt noch, seggt se, dat se ehr Vadder un ehr Fründschop wedder um sik harr. Do seggt de Jung, se schall em mal wiesen, wonem se inkuhlt sünd, denn will he mal sehn, um he se helpen kann. Un do gahn se dar hen, 'nem se liggen doon, un de Jung tickt se all an mit dat Hecht vun sin Swert, un do warrn se all wedder lebennig, de eene na de anner. Un as se all wedder an't Leven kamen sünd, do gifft dat een Juchheien an'e Königshoff, un do maken se de Jung to se's König, un de smucke Königsdochter ward se's Königin. Un he regeert sin Riek mit Glück, un he ward jüst so riek an Jahren as an Frünnen. Mit sin Königin kriggt he en Barg staatsche Soehns un smucke Döchter, un so leven se in Freden se's Leven lang.

Darmit is de Geschicht vun dat smucke Slott oosten de Sünn un noorden de Eerde to Enne, un dar kann een vun lehren: True Leev oeverwinnt allens.

De Königsdochter in de Flammenborg

Dar is mal en arme Mann we'n, de hett sovel Kinner hatt, as en Sef hett Löcker, un all de Lüüd in't Dörp hett he al to Vadderstahn hatt. Nu kriggt sin Fruu wedder en lütte Jung, un do sett he sik an'e Straat, he will de eerste beste as Vadder be'n. Do kümmt dar en ole Mann in en griese Mantel de Straat lang, un de fraagt he. De Ole geiht uck geern mit un böhrt de Jung ut'e Dööp. Un he schenkt de arme Mann en Koh mit en Kalv, dat is an desülve Dag baren as de Jung, un an'e Vörkopp hett dat en gollne Steern. Dat Kalv schall de Lütte tohören.

As de Jung grötter ward, do geiht he elkeen Dag mit sin Beest — dat is nu ja all en grote Bull — dar geiht he mit up'e Weid. Nu hett de Bull snacken kunnt, un as se up'e Koppel ankamen sünd, do seggt 'n to de Jung, he schall man dar blieven un slapen, he will sik sin Weid al söken. So draa de Jung denn slöppt, rönnt de Bull weg as en Blitz, un dat rup up'e grote Hevenswisch un freten gollne Steernblomen. As de Sünn denn ünnergeiht, do löppt 'n gau t'rügg, weckt de Jung, un denn gahn se na Huus. So geiht dat elkeen Dag, bet de Jung is twintig Jahr oold. Do seggt de Bull mal to em, he schall sik twüschen sin Hoorns setten, un denn will 'n em na de König drägen. Vun em schall he en iesern Swert vun soeven Elen föddern, seggt 'n, un he schall seggen, he will de König sin Dochter erlösen.

Nich lang', un se sünd an de König sin Slott. Do stiggt de Jung af un geiht hen na de König un seggt, warum he kamen is. De gifft em geern dat Swert, wat he föddert, man he hett nich recht Tovertruen, dat he sin Dochter nochmal wedder to sehn kriggt.

Dar sünd al en Barg düchtige Jungkeerls we'n un hebben dat versöcht un maken ehr frie un hebben dat doch nich schafft. Dar is nämlich en Draak we'n mit twölf Köppe, de hett ehr wegslept, un de huust wied, wied weg, 'nem keeneen henkamen kann. To'n eersten sünd dar up'e Weg darhen hoge Bargen, dar kann keeneen roeverkamen. To'n tweeten is dar en wiede un ruge See. Un to'n drütten huust de Draak in en Flammenborg. Wenn een dat nu schaffen schull un kamen oever de Bargen un oever de See, denn so kümmt he doch nich dör de gewaltige Flammen dörch, un wenn doch, tja, denn maakt de Draak em doot.

As de Jung sin Swert hett, do sett he sik twüschen de Bull sin Hoorns, un ruck-zuck sünd se al vör de grote Bargen. Nu koenen se man wedder umdreihn, seggt he to de Bull. He meent ja, dat is unmoeglich un kamen dar roever. Man de Bull seggt, he schall man en Ogenblick afluern, un sett em dal. Un denn nimmt he Anloop un schüfft mit sin gewaltige Hoorns de ganze Bargen an'e Siet, un do koenen se wiedertrecken.

De Jung sett sik wedder twüschen de Bull sin Hoorns, un nich lang', do sünd se an'e See anlangt. Na, seggt de Jung, nu koenen se man umdreihn, dar kann doch keeneen roever. He schall man en Ogenblick aftöven, seggt de Bull, un sik fasthollen an sin Hoorns. Denn böögt he sin Kopp dal na't Water un süppt, un süppt de heele See ut, un do koenen se mit dröge Fööt wiedertrecken as up en Wisch.

Nich lang', un se sünd an de Flammenborg. Man vun wieden sleit se al so'n Hitten in'e Mööt, de Jung kann dat al gar nich mehr uthollen. De Bull schall stahn blieven, röppt he, anners moeten se verbrennen. Man de Bull löppt ganz dicht ran un spiggt mit eenmal de See, de he utsapen hett, in'e Flammen, un do geiht dat Füer foorts ut, un dat gifft en gewaltige Qualm, de heele Heven is vull vun Wulken.

Do kümmt ut de gresige Damp de Draak rut mit de twölf Köppe. So, seggt de Bull to de Jung, nu is he an'e Tuur, he schall tosehn un hauen dat Beest alle Köppe mit eenmal af. Do nimmt he all sin Knoev tohopen, nimmt dat Swert in beide Hänne un haut gau to, un do fleegen all de twölf Köppe dal. Man nu ramentert un ringelt dat Beest sik an'e Grund, de heele Grund bevert. Do kriggt de Bull de Draak sin Rump faat mit sin Hoorns un smitt 'n rup in'e Wulken, un do is 'n weg, nix mehr vun to sehn.

So, seggt 'n to de Jung, sin Deenst is nu to Enne. He schall man ringahn in'e Borg, seggt 'n, dar finnt he de Königsdochter, de schall he man na Huus bringen na ehr Vadder. Denn rönnt 'n weg un rup up'e Hevenswisch, un de Jung süht 'n nich wedder. Binnen finnt he denn de Königsdochter, un se freut sik bannig, dat se erlöst is vun'e gresige Draak. Do fahren se na ehr Vadder un maken Hochtied, un in't heele Königriek gifft dat idel Freud.

Dat verwünschte Slott

Dar is mal en Eddelmann we'n, de hett en feine,
grote Holt hatt mit en Barg Deerten dar in. Man sin
Jägers, wenn de lostrocken sünd för un jagen in't
Holt, denn is keeneen vun se wedderkamen. Darum
will keen Jäger mehr bi de Eddelmann in Deenst
gahn.

Na lange Tied kümmt endlich mal wedder en junge,
smucke Bengel an, de stellt sik bi de Eddelmann vör
as Jäger. Do vertellt de Eddelmann em, wodennig
sik dat hett mit sin Holt, un dat noch keeneen dar
wedder rutkamen is, man de Jungkeerl seggt, he
schall em doch man in Deenst nehmen, un do deit he
dat toletzt.

Foorts de neegste Dag sadelt de Jäger sin Perd un
treckt rin in't Holt för un jagen dar. He is noch nich
lang reden, do süht he mitmal ölben prachtvulle
Hirschköh un en prachtvulle Hirschbuck, de hett
Tackens ut idel Gold. Do kriggt de Jäger dat mitmal,
he mutt achter de Hirsch ran, dat he em schöten
kann, un do drifft he sin Perd an, dat dat gauer
löppt. Man de twölf Hirschen neihn ut, un toletzt is
dat Holt so dicht, he verleert de Hirschen heel un
deel ut Sicht un verbiestert dar. Nu ward dat bi lüt-
ten Nacht. Do klarrt de Jäger up en hooge Boom, un
vun dar baven süht he en Stück weg en Licht. Do ritt
he wieder in de Richt, 'nem he dat Licht sehn hett.
Sodennig kümmt he an en grote Perdestall, dar
brennt en Lantücht in, dat is dat Licht, wat he sehn
hett. Do binnt he sin Perd an bi de anner Perde in'e
Stall.

De Perdestall hört to en Slott, dat steiht dar nich
wied vun af. He geiht dar rin un finnt dar allens up

Stä', man dat is heel still, un nix Lebenniges is dar to sehn un to hören. Nu steiht dar en Schapp, dat is vull mit feine Lesböker, un do nimmt de Jäger dar een vun in'e Hand, dat em de Tied nich so lang ward. Upmal is dar en Stimm, de fraagt, wat he hebben will. Oh, seggt de Jäger, wenn't na sin Willen geiht, denn so will he geern Waschwater hebben un en gude Avendbroot. Un do ward em dat allens bröcht. He wascht sik un sett sik dal to Avendbroot, un as he eten hett, do nimmt he wedder dat Book to Hand un lest.

Klock ölben is de Stimm wedder dar un seggt, Klock twölf, denn kamen veer Mann un slepen em in't heele Slott rum. He schall jo un jo keen Mucks vun sik geven, anners mutt he dootblieven.

Un richtig, Slag Klock twölf geiht de Dör up un veer swatte Keerls kamen rin, de kriegen em groff bi'n Kripps un slepen em de Treppen up un dal dör dat heele Slott. Man he seggt keen Mucks. As de Klock een sleit, do bringen se em wedder in sin Stuuv.

Do seggt de Stimm, up'e Disch, dar steiht Salv, dar schall he sik mit insmeren, un in'e Kamer blangen- an, dar steiht en feine Bett, dar schall he sik man rinleggen.

Dat deit de Jäger denn uck, un as he de neegste Morrn waak ward, do sünd all sin Wehdaag weg. Un sin Fröhstück steiht uck al praat. As he dat süht, do steiht he up, vertehrt, wat se em henstellt hebben, un denn sett he sik wedder dal un lest Böker mit feine Geschichten, de kann he ut dat Schapp neh- men, as em dat gefallt. De heele Dag kriggt he üm- mer guut to eten un to drinken, un dat harr em sachs guut gefullen, harr he nich ümmer an de gruliche swatte Keerls vun de Nacht vörher denken musst. Darum will he sik, as dat hen to Avend geiht, wegsliekern, man Schiet uck! De Togbrügg is hoochtrocken, un wat he uck upstellt, he kriggt 'n nich dallaten. Do mutt he denn wedder bidreihn, um he will oder nich.

Klock ölben mellt sik de Stimm wedder un seggt, güstern sünd veer kamen, vunnacht kamen acht un slepen em in't heele Slott rum. Man seggt he uck man een Mucks, denn kost't em dat sin Leven.

Un richtig. Slag Klock twölf geiht de Dör up, un rin kamen acht grote, swatte Keerls, de kriegen em bi de Beens tofaten un slepen em mit de Kopp na nedden de Treppen up un dal dör dat heele Slott, dat em alle Rippen in't Lief knacken un sin Kopp is vull vun Bulen. Man liekers deit he keen Mucks, un as de Klock een sleit, do bringen se em wedder darhen t'rügg, 'nem se em haalt hebben.

Do seggt de Stimm wedder, up'e Disch, dar steiht Salv, dar schall he sik mit insmeren, un in'e Kamer blangenan, dar steiht en feine Bett, dar schall he sik man rinleggen.

Dat deit de Jäger denn uck, un as he de neegste Morrn waak ward, do is sin Kopp wedder heel un nich de lütte Finger deit em weh. Sin Fröhstück steiht uck al praat, dat vertehrt he un lett sik dat smecken, un denn sett he sik wedder dal un lest noch feinere Böker as de Dag vörher. He kriggt uck wedder to rechte Tied sin feine Eten, un so is he heel vergnöögt – bet dat anfangt un ward düüster, do mutt he wedder an de gruliche swatte Keerls denken. Do weer he geern utneiht – harr he't man kunnt.

101

Klock ölben seggt de Stimm, güstern sünd acht ka-
men, vunnacht kamen twölf, man he schall fast blie-
ven un keen Mucks seggen, anners mutt he dootblie-
ven.

Un richtig. Slag Klock twölf geiht de Dör up, un rin
kamen twölf koehlswatte Keerls, de binnen em Hän-
ne un Fööt mit ieserne Keden un slepen em eerst in
dat heele Slott rum un denn rut up'e Hoff na en dee-
pe Soot un doon, as wullen se em dar rinsmieten.
Man he blifft fast un seggt keen Mucks, un as de
Klock een sleit, do bringen se em wedder t'rügg in
sin Kamer. He is halv doot, un all Knaken in't Liev
doon em weh, man dütmal is dar keen Salv, un he
kriggt uck keen Bett, un do krüppt he up all Veer
in'e Eck un blifft dar liggen.

De heele Nacht kann he vör Wehdaag keen Oog to-
klappen, un de neegste Morrn kriggt he uck nix to
eten. Man dat duert nich lang', denn kloppt dat an'e
Dör, un do kümmt dar en unbannig smucke Deern
rin, de gifft em wat vun de Heelsalv un seggt, in'e
Kamer blangenan, in't Schapp, dar hängt Königs-
tüüg, dat schall he antrecken, un wenn he dat daan
hett, denn so schall he rupkamen. Un denn geiht se
wedder rut.

Do smert de Jäger sik in mit de Salv, do sünd sin
Wehdaag weg, un denn treckt he dat Königstüüg an
un geiht rup in't Slott, un as he rinkümmt in'e Saal,
do sitt dar en unbannig smucke Prinzessin mit ehr
ölben Kamerdeerns. Dat sünd de twölf Hirschen
we'n, 'nem he achter ran we'n is, un de mit de gollne
Tackens, dat is de Prinzessin we'n. Do bedanken se
sik bi de Jäger, dat he fast bleven is un hett se so-
dennig erlöst. Un denn ward de Jäger König un

maakt Hochtied mit de smucke Prinzessin, un do ward dar danzt un eten, un wenn de Hochtied noch nich to Enne is, denn so sünd se noch bi un fiern.

De Königsdochter, de allens süht

Dar is mal en Königsdochter we'n, de hett in en Slott wahnt, dar is baven in'e Spitz en Stuuv in mit twölf Finstern. Ut elkeen Finster kann se ehr heele Riek sehn. Man ut dat eerste Finster man so un so, nich uck all de Ecken. Ut dat tweete süht se wat mehr, ut dat drütte noch mehr un so wieder, un vun't twölfte Finster kann se allens heel düütlich sehn, un so gifft dat nix baven de Eerde un ünner de Eerde, wat se nich wies ward. Nu lett se bekannt maken, se will de to'n Mann nehmen, de sik sodennig versteken kann, dat se em nich finnen deit. Man versöcht een dat un se finnt em, denn so kost' em dat sin Leven. Soevenunnegentig hebben dat al versöcht, man se hett se all funnen un hett se's Köppe up Pahlen steken laten.

Nu mellt sik lange Tied keeneen mehr, un dat freut de Königsdochter — se will gar keen Mann hebben. Toletzt kamen mal wedder dree Bröder an. De öllste versöcht dat toeerst, he krüppt in en Lock, dar is Kalk in. Man se süht em al in't eerste Finster, röppt em rut, un he kriggt de Kopp af. De tweete verkrüppt sik in'e Keller vun't Slott. Em süht se uck foorts vun't eerste Finster, röppt em rut un lett em de Kopp afhau'n un bi de annern up en Pahl steken. As nu de jüngste sik mellt un bi ehr ankümmt, do will he geern een Dag Bedenktied hebben, un denn, seggt he, schall se em dat doch man tweemal schenken, wenn se em finnt. Süht se em dat drütte Mal, denn so is em sin Leven eendoont. Dat will de Königsdochter em geern togestahn, se denkt ja nich, he kann dat schaffen.

Do hett he denn ja een Dag Bedenktied. He termoodbarst' sik de Kopp, wonem he sik woll versteken kann, man em fallt nix in. Do kriggt he sin Flint her un geiht up'e Jagd, dat he up anner Gedanken kümmt. Toeerst nimmt he en Kreih up't Koorn. He will jüst afdrücken, do röppt de Kreih, he schall nich schöten, denn so will 'n em dat gedenken. Do lett he de Flint sacken un geiht wieder. Nich lang' do kümmt he an en grote See un süht dar en grote Fisch. He will jüst afdrücken, do röppt de Fisch, he schall nich schöten, denn so will 'n em dat gedenken. Do lett he wedder de Flint sacken un geiht wieder. Do süht he en Voss, de lahmt. He leggt an un schütt, ehrer de Voss em wies ward. Man he hett nich drapen, un do röppt de Voss, he schall 'n leever de Doorn ut'e Foot trecken. Do geiht de Jung hen un deit dat, man denn will he de Voss dootmaken un 'n dat Fell oever de Ohren trecken. He schall dat man nalaten, seggt de Voss, denn so will 'n em dat gedenken. Do lett de Jung 'n lopen. Sodennig hett he nix schaten un kann nix mitnehmen, as he avends na Huus geiht.

De neegste Dag will he sik denn verkrupen. Man he weet ümmer noch nich recht, wonem, un do geiht he to Holts na de Kreih un seggt, he hett 'n leven laten, nu schall 'n em en Raat geven, wonem he sik verkrupen schall, dat de Königsdochter em nich wies ward. De Kreih oeverleggt lange, lange Tied. Toletzt fallt 'n wat in. Do haalt 'n en Ei ut sin Nest, deelt dat in twee Deele, deit de Jung dar rin, maakt dat Ei wedder heel, leggt dat in ehr Nest un sett sik dar up. As de Königsdochter em nu söcht, do kann se em nich finnen in't eerste Finster, nich in't tweete, in't drütte un in't veerte. Do verfehrt se sik nich wenig. In't föffte, sösste, soevente, achte, negente un teinte Finster süht se uck nix. Man denn, int ölbente Finster, dar ward se em wies. Do lett se de Kreih dootschöten, lett dat Ei halen un tweimaken, un de Jung mutt dar rutkamen. Na, seggt se, dat eerste Mal schall em dat schenkt we'n.

Nu schall he sik dat tweete Mal versteken. Man he weet nich, wonem. Do geiht he an de See un röppt de Fisch un seggt, he hett 'n ja leven laten, nu schall 'n em seggen, wonem he sik versteken schall, dat de Königsdochter em nich wies ward. De Fisch oeverleggt un oeverleggt. Toletzt seggt 'n, dat sekerste Verstek is in sin Buuk, un foorts sluckt 'n em oever un dükert dal bet an'e Grund vun'e See. Do kickt de Königsdochter vergevs dör all de Finstern bet na dat ölbente – nix. Dat passt ehr nich recht. Denn geiht se an't twölfte, un do ward se em wies. Foorts lett se de Fisch fangen un afmurksen, un de Jung mutt dar rutkamen. So, seggt se, nu hett se em dat tweemal schenkt, dat neegste Mal kümmt sin Kopp up'e Stang.

Do ward de Jung heel benaut. He weet un weet nich, wonem he sik noch versteken kann, dat de Königsdochter em nich wies ward. As he so melanklüterig vör sik hen geiht, do bemött he de Voss. He hett 'n leven laten, seggt he to de Voss, nu schall 'n em raden, wonem he sik versteken schall, dat de Königsdochter em nich wies ward. Oh, seggt de Voss, dat is en sware Stück. Man denn fallt em wat in un he seggt, de Jung schall mit em kamen. Do gahn se na en Born. De Voss dükert dar rin, un do ward he en Hannelsmann un Deertenhoeker. Denn schall de Jung ünnerdükern. He deit dat, un do ward he to en nüdliche lütte Meerswien. De Koopmann – wat ja de Voss is – de treckt denn na de Stadt, un nich lang', do kamen all de Lüüd tohopen, se woe'n dat smucke Meerswien sehn, un de Königsdochter kümmt uck.

106

Dat dare Meerswien mag se so geern lieden, se köfft dat. Man de Koopmann hett al to dat Meerswien seggt, wenn de Königsdochter an't Finster geiht, denn so schall 'n ehr ünner ehr Zopp krupen. Denn is de Tied dar, dat se de Jung söken schall. Man se is bang un uck vergrellt. Se geiht an't eerste Finster un süht nix. Do ballert se dat to, dat dat in Stücken geiht. Se geiht an't tweete un süht nix. Do smitt se dat to, de Stücken fleegen in en hoge Bagen weg. Bi't drütte, veerte, föffte, ölbente Finster maakt se dat jüst so. Man ehr Angst un ehr Vergrelltheit warrn ümmer duller, un as se dat twölfte Finster toballert, do bevert dat heele Slott, un de Finsterruut springt in dusend Stücken.

Se geiht t'rügg vun't Finster. In ehr Vergrelltheit föhlt se upmal dat Meerswien ünner ehr Zopp. Do kriggt se dat faat un smitt dat an'e Grund un will dat nich mehr sehn. Dat Meerswien löppt na de Koopmann, un se sehn to un kamen hen na de Born. Dar dükern se beid wedder ünner, un do ward de Koopmann wedder to en Voss un dat Meerswien to de Jung. De bedankt sik nu bi de Voss un seggt, gegen em sünd de Kreih un de Fisch stockdoemlich. Man he, de Voss, is bannig plietsch. Dar freut de Voss sik oever un löppt munter in't Holt rin. Man de Jung geiht liekto na't Slott, un dar tööv de Königsdochter al up em, se mutt sik dar nu ja in finnen. Do maken se Hochtied, un de Jung is nu König.

Man sin Fruu hett he nie nich vertellt, wonem he sik toletzt verstaken hett un wokeen em hulpen hett, un do meent se, he hett dat allens ut sik sülven hatt, un se hett bannige Respekt vör em, denn se denkt, de kann doch mehr as se kann.

De Prinzessin in't Sarg

Dar is mal en König we'n un en Königin, de hebben in en feine Slott wahnt. Se hebben regeert oever en rieke, glückliche Land un hebben sik to Anfang ganz gewaltig leev hatt un glücklich tohopen levt. Man se hebben keen Arven kregen.

Nu sünd se doch al soeven Jahr Mann un Fruu, un se hebben nich Soehn noch Dochter, un dat is en grote Kummer för de beiden. Un dat passeert mehr as eenmal, dat de König mucksch is un sin leege Luun un sin Raasch an de stackels Königin utlett. He seggt, se lopen dar rum un warrn oold, un dar is keen Arv för se un nich för dat Riek, un dat is heel un deel ehr Schuld, seggt he. So'n Snack snitt de Königin in'e Seel, un se kriggt dat Weenen un weet sik gar nich to laten vör Kummer.

Toletzt seggt de König to ehr, dat is dar rein nich mehr un holen ut, he mutt ahn Kinner rumlopen, un dar hett keen anner Schuld to as se, un denn schall he uck noch Dag för Dag ehr verhuulte Armsünner-fret ankieken, wat se ümmerto maakt. He will up Reisen gahn, seggt he, un will en heele Jahr weg-blieven. Kriggt se in de Twischentied en Kind seggt he, denn is allens wedder guut, un denn will he ehr oever de Maten leev hebben un ehr nie nich en leege Woort seggen. Man is dat Nest ümmer noch leddig, wenn he wedderkümmt, seggt he, denn so will he sik vun ehr scheeden laten, dar gifft dat nix.

As de König denn weg is, do ward de Königin – alleen, as se nu is – ümmer truriger un will rein ver-gahn vör Kummer. Do seggt ehr Kamerfruu mal to ehr, dar leet sik sachs Raat finnen, wenn een Raat söken wull. Un denn vertellt se de Königin vun en ole kloke Fruu dar in't Land, de hett al mennigeen hulpen, de desülve Maleschen hatt hett as de König. Un ehr, seggt se, ehr wurr se sachs uck helpen, wenn se man na de Oolsch schicken wull. Dat deit se denn, un de Oolsch kümmt, un de Königin vertellt ehr, wat ehr bedrückt, dat se keen Kinner hett, un dat de König un dat Land ahn Arven sünd.

Un de kloke Fruu weet würklich Raat. Buten in de König sin Gaarn, seggt se, foorts, wenn een ut't Slott rutkümmt, linker Hand ünner de grote Eek, dar steiht en lütte Busch, de is mehr gröön as bruun, un de hett wullige Bläder un lange Doorns, de hett jüst nu dree Knuppen. De Königin schall nüchtern un alleen, ehrer de Sünn upgeiht, dalgahn na de dare Busch un schall de Knupp in'e Mitt nehmen un upeten, denn so kriggt se na söss Maanden en lütte Deern. So draa de baren is, mutt se ehr an en Kinnerfruu geven – de will se, de Oolsch, ehr al schicken – un dat Kind mutt mit de Kinnerfruu in en anner Deel vun't Slott wahnen. Man nich de König un nich de Königin dörven se's Dochter sehn, ehrer dat se is veertein Jahr oold, anners maken se sik un se's Kind unglücklich.

De Königin gifft de Oolsch en Barg Goldstücken un lett ehr gahn. De neegste Morrn geiht se, ehrer de Sünn upgeiht, alleen dal in'e Gaarn, un se finnt uck foorts de lütte Busch mit de dree Knuppen. De in'e Mitt plöckt se af un itt 'n foorts up. As se dar rinbieten deit, smeckt 'n heel sööt, man achterran is 'n gallenbitter. Nich lang', do markt se, se hett en Kind ünner't Hart, un na söss Maanden kriggt se en rische, starke Deern. De Kinnerfruu – de hett de Oolsch richtig ranschafft –, de steiht al praat, un allens is t'recht, dat se mit de lütte Prinzessin in en heel afsiets liggen Deel vun't Slott, na't Holt to, wahnen kann. De Königin deit allens up en Prick so, as de kloke Fruu ehr dat seggt hett, un gifft dat Kind foorts an de Kinnerfruu, un de verswinnt darmit na ehr Deel vun't Slott.

As de König na Huus kamen deit, kriggt he foorts Bescheed, sin Fruu hett en Dochter kregen. Do freut he sik bannig un will ehr foorts sehn. Man do mutt de Königin em t'rügghollen un em seggen, dar is vörutseggt, wenn he oder de Königin se's Dochter vör ehr veerteinste Geburtsdag to sehn kriegen, denn so gifft dat en grote Unglück.

Dat is ja nu en lange Tied un luern, un de König lengt dar doch so dull na un sehn sin Dochter. Dat deit de Königin nich minner, man se weet ja, dat Kind is nich to Welt kamen as anner Kinner, un dat is oeverall nich as anner Kinner, denn foorts, as dat baren weer, hett dat al snacken kunnt, un vun lütt up an is dat so klook we'n as en utwussen Minsch. Dat hett ehr de Kinnerfruu vertellt, mit de mutt se ja af un an oever de Deern snacken, denn anners hett ja keeneen de Lütte sehn. De Königin is ja al *mal* wies wurrn, wat de kloke Fruu kann, un so passt se guut up, dat allens up en Prick so maakt ward, as se dat seggt hett. De König is faken ungedüllig un will partuh sin Dochter sehn, man se kann em dar ümmer wedder vun afbringen. Sodennig kümmt de letzte Dag vör de Prinzessin ehr veerteinste Geburtsdag ran.

Do gahn de König un de Königin tosamen spazeern in'e Gaarn, un upmal röppt de König, he kann un will nich mehr länger luern, he mutt foorts sin Dochter sehn. So'n paar Stunnen mehr oder weniger, meent he, de koenen doch nix mehr utmaken. De Königin deit wat se kann un holen em t'rügg, he schall doch man Gedüür hebben bet morrn, seggt se, he hett nu so lang' luert, nu kann he doch woll bet morrn aftöven. Man de König lett sik dar nich mehr vun afbringen, se schall de Snack nalaten, seggt he, de Deern is jüst so guut sin Dochter as ehr, un he will ehr nu sehn. Un darmit geiht he piel rup na de Deern ehr Kamer.

He ritt de Dör up, de Kinnerfruu will em t'rüggholen, de stött he bisiet, un denn kriggt he sin Dochter to sehn, un dat is de smuckste Prinzessin, de een sik denken kann: root un witt as Melk un Bloot, mit klare, blaue Ogen un gollen Haar; blots an'e Vörkopp, dar hett se een lütte brune Krüll.

De Prinzessin geiht ehr Vadder in'e Mööt, fallt em um'e Hals un gifft em en Söten. Man denn seggt se, wat he nu blots maakt hett, nu mutt se de neegste Dag dootblieven, seggt se, un he kann sik denn een Deel utsöken: In sin Land brickt de swatte Pest ut, oder dat gifft en lange, blöddige Krieg, oder he mutt ehr, sodraa as se doot is, in en eenfache holten Sarg leggen un in'e Kirch drägen laten, un denn mutt dar en heele Jahr en Schildwach bi ehr Liek stahn.

De König verfehrt sik un meent, se is dörchdreiht. Man dat se sik tofreden geven deit, seggt he, vun de dree Dingen will he dat letzte nehmen: Sodraa as se doot is, will he ehr in en eenfache holten Sarg leggen un in'e Kirch drägen laten, un denn schall dar elkeen Nacht en Schildwach bi ehr Liek stahn. Man se schall nich dootblieven, seggt he, un schull se uck noch so krank we'n. Un he lett foorts de beste Dokters ut sin Riek tosamenropen, un se kamen mit all se's Rezepten, Salven un Medizinbuddels. Man liekers is de Prinzessin de anner Dag doot, stief un koolt. Dat koenen de Dokters denn uck wiss un warraftig bewiesen, un se setten dar all se's Naams ünner un drücken dar noch se's Siegel up – un sodennig hebben se allens daan, wat se kunnen.

De König hollt, wat he toseggt hett, un lett noch desülve Dag de Prinzessin in en holten Sarg leggen un in'e Slottskirch bringen, un in de Nacht un in all de anner Nachten ward dar en Schildwach upstellt, de mutt bi de Liek waken.

De neegste Morrn woe'n se de Mann wedder rutlaten ut de Kirch, de dar up Wach stahn hett, man dar is keen. Do denken se, he is woll to bang' wurrn un is weglapen, un de neegste Avend stellen se dar en anner een hen as Wach. Man de anner Morrn is de uck weg. Un sodennig geiht dat elkeen Nacht: Wenn se morrns woe'n de Wach rutlaten, is keeneen dar, un dat is nich un kriegen rut, wonem se afbleven sünd un um se würklich utneiht sünd. Un wat is dat denn blots, 'nem elkeen sodennig vör utneihn mutt, dat een vun de Stunn an, wo he up Posten treckt, nie nich mehr wat vun em to hören oder to sehn kriggt?

Bi lütten meenen se all, de Prinzessin geiht um un fritt elkeen up, de dar up Wach steiht bi ehr Liek. Un dat duert nich lang', do will keeneen mehr Wach stahn. De König sin Suldaten dissenteern, ehrer dat se an'e Reeg sünd un stahn Posten bi dat Sarg. Do seggt de König elkeen en Dutten Geld to, de dar friewillig will Wach stahn, un dat helpt en Tiedlang, denn dar sünd doch en paar dummdrieste Keerls, de sik dat Geld verdeenen woe'n. Man kriegen doon se dat nie nich, denn morrns sünd se jüst so verswunnen as all de annern.

Up de Aart is meist een Jahr vergahn, un elkeen Nacht hett dar en Schildwach stahn bi de Prinzessin ehr Sarg, friewillig oder darto verdunnert. Man nich een darvun hett een de neegste Morrn oder uck laterhen wedder to Gesicht kregen. Jüst so is dat mal wedder gahn – de Schildwach is de neegste Morrn weg –, do kümmt dar en junge Smidtgesell in de Stadt rin, 'nem de König sin Slott steiht. Dat is ja de Hauptstadt vun't Land, un dar kümmt ümmer allerhand Volk hen, dat se Arbeit finnen woe'n. Un unse Smidtgesell – Krischan heet he – geiht uck jüst darum dar hen. To Huus gifft dat keen Arbeit mehr för em, un so wannert he na de Hauptstadt, dat he sik dar jichens en Stä' söken will.

Krischan kümmt in en Harbarg un sett sik in'e Gaststuuv, dat he wat to eten un drinken kriggt. Do sitten dar uck en paar Feldwebels, de sünd losgahn un warven een an to Liekenwacht. Dat moeten se elkeen Dag doon, un bet do is se dat uck noch ümmer glückt un finnen jichens en Waaghals, man vundaag hebben se noch keen updreven. Dat weet ja bi lütten elkeen, dat all de Schildwachen, de dar stahn hebben bi de Liek, dat de all verswunnen sünd, un sodennig hebben all de, de se hebben anwarven wullt, sik velmals bedankt för dat Vergnögen, un keeneen hett up Posten gahn wullt. De Ünneroff'zeers setten sik dal bi Krischan un laten wat to drinken bringen un he kann man düchtig mitdrinken. Un Krischan is en drieste Keerl de vel vun lustige Gesellschaft un vun guut eten un drinken hollt, un he kann dat eene un dat anner jüst so guut as singen. Un snacken un puchen kann he uck, wenn em de Wien eerst de Ke-

kelreem löst hett. Un so vertellt he de Feldwebels, he hört to de Lüüd, de vör nix bang' sünd. Oh, seggen se, denn so is he se's Mann, un wenn dat wahr is, denn so kann he sik en schöne Stück Geld verdeenen, ehrer he man een Dag öller ward. De König betahlt de, seggen se, de vunnacht an sin Dochter ehr Sarg up Posten steiht, hunnert Daler bar up'e Hand.

Dar is Krischan nich bang vör, denn em kann gar nix bang' maken. Un do maken se noch en Buddel leddig up sin Kraasch, un denn bringen se em hen na de Oberst. Dar kriggt he en Munderung un en Flint un allens, wat dar so to hören deit, un denn sluten se em in in de Kirch, un he schall dar de Nacht oever Posten stahn an de Prinzessin ehr Liek.

Klock acht geiht he up Posten, un in de eerste Stunn is he heel oeverdorig. In de tweete Stunn freut he sik oever all dat Geld, wat he morrn kriegen schall. Man in de drütte Stunn, as de Klock al meist ölben is, do hett sin Duuntje sik meist vertrocken, un do ward em doch so'n beten anners tomoot. He hett ja al nugg vun de dare Posten hört, 'nem noch keeneen lebennig vun weg kamen is, so wied as 'n weet. Un se weeten ja nich mal, wonem all de dare Wachtpostens afbleven sünd. All sowat geiht em nu dör de Kopp, un sin heele Haarbüdel is as wegweiht. He söcht in alle Ecken na en Weg na buten, un toletzt, jüst as de Klock ölben sleit, finnt he en lüerlütte Dör in'e Klockentoorn, de is nich afslaten, un dar witscht he rut na buten un will foorts utneihn.

Man he hett knapp en Foot vör Dör sett, do steiht dar en lütte Mann vör em, seggt em „Gu'n Avend" un fraagt em, wonem he denn so laat hen will. Un Krischan is dat, as weer he fastnagelt, he kann nich vun'e Plack. Keen Stä' hen, seggt he. O doch, seggt de lütte Mann, he hett doch jüst utkniepen wullt. Man he hett sik för de Nacht as Schildwacht verdingt, seggt he, he mutt up sin Posten blieven. Do seggt Krischan heel sluck, he truut sik nich, un darför hett he utkniepen wullt, un de anner schall em doch man gahn laten. Nee, nee, seggt de lütte Mann, he mutt up sin Posten blieven. Man he will em en gude Raat geven, seggt he: He schall man rupgahn up'e Kanzel un dar stahn blieven un sik um nix nich scheren, eendoont, wat he dar to sehn oder to hören kriggt. Em kann gar nix passeern, seggt he, wenn he up sin Plack stahn blifft, bet he hört, de Deckel vun't Sarg klappt oever de Liek to. Denn is dar keen Gefahr mehr, un he kann in de Kirch rumgahn, so vel as he lustig is.

Denn stött de lütte Mann em wedder na de Achterdör rin un slütt achter em to. Krischan ja nu foorts rup up'e Kanzel. Bet de Klock twölf sleit, passeert dar gar nix. Man denn springt de Deckel vun de Prinzessin ehr Sarg up, un do kümmt dar en gresige Spökel rut, heel wullig un rundum vull mit lange Stickels as en Pinnswien[1], un dat röppt ümmerto na de Wach, un wenn de Wach nich kümmt, seggt 'n, denn so schall he en noch leegere Dood lieden as all de annern.

Dat Spökels suust un ramentert in de Kirch rum, un toletzt ward dat de Bengel up'e Kanzel wies, un denn ja foorts up em los un de Trepp na de Kanzel rup, man dat kann nich ganz rup kamen, un dat mag sik recken un strecken so dull, as dat will, dat kann

---

[1] Pinnswien = Igel (dän. pindsvin)

Krischan nich langen, un he steiht dar baven mit bevern Been. Man as de Klock een sleit, do mutt dat Spökels wedder t'rügg in't Sarg, un Krischan hört de Deckel toklappen, un denn is dat dodenstill in de Kirch. Do leggt he sik dal, 'nem he jüst steiht, un slöppt in, un he ward eerst waak, as dat helle Dag is, do hört he buten Tred, un en Sloetel ward in't Slott staken. Do maakt he, dat he dalkümmt vun de Kanzel, un stellt sik mit de Flint up vör de Prinzessin ehr Sarg.

De Oberst kümmt sülven mit de Wach, un he is arig verbaast, dat he sin Rekrut heel un gesund dar finnen deit. He will Rapport hebben, man Krischan will nix vertellen. Denn bringen se em foorts na de König un koenen em to'n eersten Mal mellen, dat is de Schildwach, de dar nachts stahn hett in de Kirch bi de Prinzessin. As de König dat hört, kümmt he gau in'e Been, leggt de hunnert Daler vör Krischan up'e Disch un will em verhören. Um he wat sehn hett, fraagt de König, um Krischan hett sin Dochter sehn. He hett up sin Posten stahn, seggt Krischan, dat mutt langen, anners hett he nix oevernahmen. He weet ja nich, um he vertellen dörf, wat he hört un sehn hett. Un denn is em dat uck en beten to Kopp stegen, dat em dat glückt is, wat keeneen vör em kunnt hett un 'nem uck keeneen de Kraasch to hatt hett. De König deit, as wenn he em dat allens afnehmen deit, un fraagt em, um he uck de neegste Nacht will up Schildwach stahn. Nee, besten Dank, seggt Krischan, he hett al vun dat eerste Mal nugg, na mehr hett he keen Verlangen.

Na, seggt de König, as he dat will. Man he hett sik as düchtige Keerl wiest un schall nu en düchtige Fröhstück hebben, dat kann he sachs bruken na so'n

116

Tour. Un de König lett för em updecken un sett sik sülven mit an'e Disch. He schenkt de Smidtgesell ümmer düchtig in, laavt em un drinkt em to. Un Krischan lett sik nich lang' nödigen, he langt düchtig to, bi't Eten un uck bi't Drinken, un vör allen vun de natten Saken sett he allerhand to Bost. Sodennig drinkt he sik wedder Kraasch an un seggt to de König, wenn he em will tweehunnert Daler geven, denn so will he uck woll in de neegste Nacht up Wacht stahn.

Dat is denn afmaakt, Krischan seggt adjüs un geiht dal in'e Wachstuuv, un denn geiht he mit en paar anner Suldaten un Ünneroff'zeers spazeern vör de Stadt. He hett de Taschen vull Geld un trakteert se all un hängt se Haarbüdels an. Denn fangt he an un puchen un maakt Narr na de stackels Keerls, de sik nich truut hebben un stahn up Posten, wiel se bang weern, de dode Prinzessin kunn se upfreten. Se schoe'n doch man mal tokieken, um se em freten hett! Un sodennig vergeiht de Dag mit Juchhei un Trala. Man Klock acht ward Krischan wedder alleen in de Kirch inslaten.

Noch ehrer twee Stunnen vörbi sünd, ward em dat langwielig, un he denkt dar blots noch an, wodennig he utkniepen kann. Do finnt he en lütte Dör bi't Altar, de is nich toslaten, un Klock teihn sliekert he sik dar rut un maakt sik up'e Padd, dat he na de Strand dal lopen will. De eerste Hälft vun'e Weg bringt he achter sik, do steiht mitmal desülve lütte Mann vun de vörige Avend vör em, seggt em „Gu'n Avend" un fraagt em, wonem he denn noch hen will. He kann doch hengahn, 'nem he lustig is, seggt de Smidtgesell, man he markt, he kriggt de Foot nich mehr vun'e Plack. Nee, seggt de lütte Mann, he hett sik as

117

Wach annehmen laten, un nu mutt he uck up sin Posten blieven. Un denn nimmt he Krischan mit, un de mutt oeverall mit em mit, un do bringt de anner em liek hen na de lütte Dör, 'nem he rutwitscht is, un denn rin in'e Kirch. Dar seggt de lütte Mann denn to Krischan, he schall man na't Altar hengahn un de Bibel in'e Hand nehmen, de dar liggen deit. Un dar schall he stahn blieven, bet he hört, de Deckel vun't Sarg sleit wedder to oever de Prinzessin, denn so kann em nix passeern.

Un do hett de lütte Mann em al na de Dör rinschaven un achter em toslaten. Krischan denn ja foorts hen na't Altar un de Bibel in de Hand nahmen, un sodennig steiht he dar Klock twölf, as dat Spökels ut dat Sarg springt un na de Wach röppt. Dat suust foorts hen na de Kanzel un dar rup. Man dar steiht de Wach vundaag nich. Do schriet un huult dat Spökels:

> „Se laten mi hier liggen ahn Wacht.
> Höi! Krieg un Pest na Middernacht!"

Man do ward dat de Smidtgesell dar vörn wies un will em foorts to Kleed. Man dat kann nich in'e Altarruum rinkamen, un so blifft dat bi un bölkt un ramentert in de Kirch rum, bet de Klock een sleit. Do mutt dat wedder rin in't Sarg, un Krischan hört de Deckel toklappen. Vundaag hett dat Spökels al wat anners utsehn as de Nacht vörher. Dat is woll wullig we'n, man dat hett keen Stickels mehr hatt.

As dat denn wedder ruhig un still is in de Kirch, do leggt Krischan sik dal bi't Altar un slöppt fast in, un he ward eerst waak, as de Oberst de neegste Morrn kümmt un em haalt. He ward wedder na de König bröcht, un dat geiht allens wedder so as de Dag vörher. He kriggt sin Geld, man he will nix naseggen, um he hett de König sin Dochter sehn, un up Posten gahn will he uck nich wedder. Man as he en gude Fröhstück kregen hett un hett allerhand vun de König sin feine ole Wien to Bost neiht, do seggt he, he will uck vundaag, to'n drütten Mal, an de Prinzessin ehr Sarg Posten stahn. Man he will dar dat halve Königriek för hebben, seggt he, billiger deit he dat nich, dat is em doch vel to gefährlich. Un dat helpt all nix, de König mutt em dat toseggen.

De Dag vergeiht jüst so as de Dag vörher. He is wedder de grootsnutige Suldaat un lustige Smidtgesell un hett Kameraden un Suupbröder nugg. Man as de Klock acht is, do mutt he in Tüüg un ward in de Kirch insparrt. He is dar noch nich en Stunn binnen, do kümmt he to sik un denkt, dat is doch beter un holen up, solang as dat Spill noch Spaaß maakt. De drütte Nacht, dücht em, dat ward noch de leegste. Toseggt, dat he Posten stahn will, dat hett he ja in'e dune Kopp daan. Un dar dat halve Königriek för hergeven – dat is doch nich de König sin Eernst we'n! Darum will he weg, man he will dar nich wedder so lang' mit töven. Vellicht kann he sodennig de lütte Mann anschieten, de em ümmer uppasst hett.

De Dören sünd dütmal all fast to, man toletzt glückt em dat un klarrn rup na en Finster. Dar brickt he en Lock in un Klock negen krabbelt he dar rut, un wenn dat Finster uck bannig hooch is, he kümmt doch mit heele Knaken dal up'e Eerde. Un do kriggt he foorts dat Rönnen un löppt liek dal na de Strand, un keeneen kümmt em in'e Mööt. Dar springt he gau in en Boot un stött af vun't Land, un he lacht arig in sik rin, wenn he dar an denkt, wo plietsch he dat dütmal anfungen un de lütte Mann anscheten hett. Do hört he mitmal de sin Stimm vun Land roeverropen. Wo-

119

nem he denn noch hen will, fraagt de Lütte. Krischan seggt nix, he denkt blots, vunavend will he em anschieten, un he leggt sik düchtig in de Reemen. Man do markt he, jichens wat kriggt sin Boot faat un treckt em an Land, he mag sik noch so dull in de Reemens leggen. An't Över kriggt de lütte Mann em bi'n Kripps un seggt, he mutt up sin Posten blieven, as he dat toseggt hett. Un he mag anstellen, wat he will, dat helpt em allens nix, he mutt fein mit de lütte Mann t'rügg na de Kirch.

Tjä, seggt Krischan, dör dat Finster kann he nich wedder rin, dat liggt vel to hooch. He mutt dar rinkoenen, seggt de lütte Mann, un he ward dar uck rinkoenen, un he bört em rup na de Finsterrahmen. Un denn vertellt he em, wat he vunnacht doon mutt. He schall sik links vun dat Sarg dalleggen, seggt he. De Deckel springt na rechts up, un dat Spökels fahrt na links rut. Wenn dat oever em wegsprungen is, denn schall Krischen sik so gau as't geiht sülven in dat Sarg rinleggen, man sodennig, dat dat Spökels dat nich wies ward. Un dar schall he liggen blieven, eendoont, um dat Spökels dull ward un up em los will oder um em dat blied un fründlich beden deit, he schall doon, as wenn nix weer un uck jo nich antern. Denn hett dat keen Macht oever em, un se sünd beid rett' un erlöst.

Un de Smidtgesell mutt wedder jüst so dör dat Finster rin, as he dar rutkrabbelt is. As he binnen is, leggt he sik foorts, so lang as he is, links blangen de Prinzessin ehr Sarg, ganz dicht ran. Un dar blifft he liggen, stief as en Stock, bet de Klock twölf sleit, de Deckel vun't Sarg upspringt un dat Spökels dar liek oever em weg rutsuust un na de Wach röppt. Dat

suust piel up't Altar los, man dar is keer. Wach, un
do schriet dat wedder:

> „Se laten mi hier liggen ahn Wacht.
> Höi! Krieg un Pest na Middernacht!"

Un denn suust dat in de heele Kirch rum un huult
un jankt:

> „Dree Daag heff ik nix kregen! Verdarven
> mutt ik nu woll un vun Hunger starven!"

Toletzt kümmt dat wedder na dat Sarg t'rügg, un as
dat de Bengel dar in liggen süht, huult dat, dat dat
dör de heele Kirch droehnt, nu schall he de gresigste
Dood lieden. Man he blifft stief un stuur in't Sarg lig-
gen, un de Prinzessin ehr Spökels kann em nix doon.
Man dat tappt un pultert dar mit Schrien un Janken
um dat Sarg rum, Krischan stahn rein de Haar to
Bargen, man anners röhrt sik dar nix an em. Denn is
dat Spökels en Tiedlang weg, un as dat denn wedder-
kümmt, do ward he wies, dat süht nu ut as en richti-
ge Minsch – man dat is so witt as en Bettlaken. So-
dennig kümmt de Prinzessin hen na em un snackt so
blied un bed't em so fründlich, he schall doch man
upstahn, dat se to Ruh kamen kann. Man he blifft
dar stuur liggen, seggt nix un röhrt sik nich. Do ver-
swinnt se wedder, un do sleit de Klock vun'e Toorn
jüst een.

Do hört Krischan mitmal Musik, toeerst heel liesen,
denn ümmer luder un luder, un toletzt schallt dat
dör de heele Kirch. Denn hört he en Masse Foottap-
pens, as wenn dar en Barg Minschen in de Kirch rin-
kamen, un he hört, wo de Preester ut de Bibel lest,
un darto en Gesang, sowat Feines hett he noch nim-
mer nich hört. Denn hört he, de Preester dankt de
Herrgott, dat dat Land is vun Krieg un Pest un Un-
glück verschont bleven un de König sin Dochter is

erlöst un rett'. Un en Barg Stimmen fallen in, un se singen en Dankleed. Denn hört he sin Naam un de Prinzessin ehr Naam, un dat hört sik an, as wenn se mitenanner truut warrn. De Kirch is vull to'n Bassen, man sehn kann Krischan nix. Denn hört he wedder all de Foottappens, as wenn de Lüüd nu rutgahn ut de Kirch, un de Musik spelt, toeerst noch luud, denn ümmer sachter, un denn hollt 'n ganz up. Un as allens still is, do kümmt dat helle Daglicht dör de Finsterruten.

Do jumpt de Smidtgesell rut ut dat Sarg un fallt up'e Kneen un dankt Gott. De Kirch is leddig, man vörn bi't Altar, dar liggt de Prinzessin, witt un root, as en lebennige Minsch, un weent un bevert vör Küll in ehr witte Dodenhemd. Do nimmt Krischan sin Suldatenmantel un leggt ehr de um. Denn wischt se sik de Tranen af, gifft em de Hand un dankt em un seggt, he hett ehr rett' vun de Töver, de se mitbröcht hett, as se so wunnerlich to Welt kamen is, un de oever ehr kamen is, as ehr Vadder sik dar nich an holen hett, wat bestimmt we'n is, dat he ehr nich vör ehr veerteinste Geburtsdag sehn schull.

Denn seggt se, wenn he ehr, wo he ehr nu ja rett' hett, wenn he ehr to Fruu hebben will, denn so is se dar praat to. Wenn nich, denn will se in en Kloster gahn, man he, seggt se, he kann tiedlevens keen anner Fruu nehmen, denn he is in de Dodenfier, de hett he ja hört, dar is he mit ehr truut wurrn.

Se is de smuckste Prinzessin wurrn, de 'n sik denken kann, un em hört ja dat halve Königriek to, dat is em ja toseggt för de Wacht in de drütte Nacht. Un do warrn se sik eenig, se woe'n tohopen leven un sik leev hebben, so lang' as se leven doon.

122

Mit de eerste Sünnenstrahl kümmt de Wach un slütt de Kirchendör up, un dat is nich blots de Oberst. De König is sülven mitkamen, he will sehn, wat dar wurrn is ut de Schildwach. Un do finnt he se beid Hand in Hand sitten vör't Altar. He kennt foorts sin Dochter wedder un nimmt ehr in'e Arms un dankt Gott un ehr Retter, un he hett dar uck nix gegen, dat se sik mit'nanner verspraken hebben. Do maakt de Smidtgesell Hochtied mit de Königsdochter un kriggt foorts dat halve Königriek, un denn uck dat heele, as de ole König dootbleven is.

Man lange, lange Jahren darna, do maken se de Footborm in de Kirch nü, un do finnen se in de Mitt en lose Steen, un dar ünner, dar is en heemliche Ruum, un dar finnen se nu all de Lieken vun de Schildwachen, de dar stahn hebben bi de dode Prinzessin, un all hebben se dat Gnick braken. Dat hett de böse Geist daan, de ehr faat hatt hett un de hett elkeen Nacht dree Drüppen Bloot vun se drunken.

De Slottsjumfer

Dar is mal en Ridder we'n, de hett up'e dwatsche Naam Bodo hört. Dat is en hellische Flunki we'n un en böse Buhmann. Sin Handwark, dat is dat Rövern we'n, jüst so as bi sin Navers, un de up'e Straat nedden an sin Borg vörbikamen is, de is nich ahn Kniepen dörkamen. An leevsten hett he sik smucke Deerns grepen, up sin Borg bröcht un dar inspunnt. Warum? Dar ward nix vun seggt.

Man Bodo hett dat rein to dull maakt. Dat hett nich lang' duert, do hebben se em in'e heele Gegend de Mäkenröver nöömt. Keen Deern hett sik mehr bi em langwaagt, se hebben leever en grote, wiede Umweg maakt.

Dar hett en Hexenmeister vun hört, de hett dar deep in en düstere Holt wahnt. Dat is en mächtige Mann we'n, un he hett mit de Natur ehr Kräften maken kunnt, wat he will. Man he hett sin Macht blots in'n Guden bruukt, blots leege Lüüd hett he mit sin Hexerie straaft.

Tööv, seggt he bi sik, de dare Undoeg vun Bodo will ik en Enne maken. Un do verstickt he sik in't Holt liek oever vun Bodo sin Borg, dat he em up'e Fingern kieken un em faat kriegen kann. Lang' mutt he luern, dar kümmt nich faken een de dare Straat lang. Man upletzt kümmt dar en Hannelsmann vörbi, de will to Markt. He sitt up en Muulesel, un blangen em ritt sin Dochter, klokerwies mit Mannstüüg an. De Sünn is noch nich upgahn, un do denkt de Koopmann, Ridder Bodo ward em woll nich wies warrn, un wenn doch, denn so ward he sachs sin Dochter Ida nich klookkriegen. Man knapp hett de Wachtposten up'e Borgtoorn de beiden up Sicht kregen, do tuut't he uck al in sin Hoorn to'n Teeken, dar is Büüt to sehn.

Bodo foorts mit sin Lüüd to Perd un de Barg daljaagt vun'e Borg. Ida verfehrt sik sodennig, se kriescht luud up un fallt in Amidaam. Do helpt ehr dat nich mehr, dat se verkleed't is, se kriegen ehr faat. Un wat ehr Vadder uck anbeeden deit an Gold un Sülver, dat se em sin eenzigste Dochter laten schoe'n, Bodo grient em blots an, un de Vadder mutt aftrecken. He schall man sehn un kamen weg, seggt Bodo, un schall de Herrgott danken, dat he, Bodo, em dat Leven laten deit.

De beswiemte Deern bringen se up'e Borg. Dar steiht Bodo nu vör de reine Jumfer un freut sik oever sin Fang, so wat is em lang' nich glückt.

Se schall upwaken, röppt he ehr to, se schall upwaken. Man se blifft in Amidaam liggen. Do will he de Roos liekers breken. Man mitmal ballert dat dör sin Borg as Dunnerslääg. De Eerde bevert, un de grote Gebüden ut Steen sacken dal in'e Barg in Schutt un Schiet. Dat hett de Hexenmeister maakt. Füünsch hett he Bodo sin Roov mit ankeken, un ehrer Bodo dat hett noch leeger maken un de Deern schännen kunnt, do hett he em straaft.

De stackels Deern kann dar ja nix för, darum dörf se an wisse Daag up'e Eerde rumgahn, un sörre de Tied süht 'n ehr in en witte Kleed mit en Bunk Sloeteln an'e Siet un en Blomenstruuß in'e Hand, un se nömen ehr de Slottsjumfer. De ehr bemöten deit, de schenkt se wat oder straaft em, kümmt dar all up an, wodennig een sik ehr gegenoever hebben deit.

Mal hört en Mönk wat vun ehr Rumwannern, de wahnt dar in en Kloster in'e Neegde. Do drifft em de Nieschier, vellicht uck noch wat anners, hen na de Stä', he will ehr kennenlehren. He sitt dar en Tiedlang up de ole Muern, man dar kümmt nix. Na, denkt he, se schall sachs kamen, un kriggt en Book ut'e Tasch, dar steiht in, wodennig een Spökels un so wat dwingen kann. Un he geiht bi un seggt de Spröök up, de dar in stahn, dat he ehr ranhexen will. Upmal steiht se vör em un fraagt em mit en füünsche Gesicht, wat he will.

De Mönk is ja eerst verbaast, as se dar so vör em steiht, man he faat't sik gau un grient ehr fründlich an. Se schall sik doch man en beten bi em dalsetten, meent he, un denn schall se em man en beten Gold geven un wecken vun ehr Eddelsteens. Un he will ganz gemütlich ehr witte Patschhand faatnehmen. Man do ward de Slottsjumfer richtig dull. Se nimmt ehr Sloetelbunk un neiht em dar düchtig wecken mit oever, un do verfehrt he sik sodennig, he nimmt sin kloke Book un sin Beens in'e Hand un süht to un kamen de Barg dal un freut sik, he hett man blots wecke blaue Placken darbi afkregen.

To en Schäper is se früdlicher, de hött dar mang de ole Muern sin Schaap. He liggt dar in't Gras un denkt gar nich an de Slottsjumfer, do steiht de mitmal twintig Schred vör em mit Blöme in'e Hand, dar will se en Struuß vun maken, as dat schient. He roegt sik nich, he luert blots ünner sin Hoot rut na ehr hen, wat se nu woll maaken deit. Do fallt ehr en Bloom dal, un se lett 'n liggen. Do springt he bi, kriggt de Bloom up, gifft 'n in sin Doesigkeit en Söten un stickt 'n an sin Hoot. Denn geiht en en Schritt t'rügg un fraagt ehr heel tutig, um se hett de Bloom verlaren.

Man de Slottsjumfer seggt nix, se winkt em, he schall mitkamen. Do sett de Schäper sin Hoot mit de Bloom dar an up'e Kopp un geiht achter ehr ran. Se sünd woll en hunnert Schre' gahn, do deit sik vör de smucke Jumfer de Eerde up, un se stiggt dar dal. De Schäper driest achterran, un deep un ümmer deeper gahn se dal in'e Düsternis. Se sünd woll so en hunnert Faden deep, do ward dat upmal hell, un do steiht dar vör de verbaaste Schäper en prachvulle Slott mit hoge Toorns un smucke Stuven, un de sünd all vull vun Gold un Sülver un blinken Eddelsteens un feine Parlen. Wat gluupt he do up all de feine Saken un klappt vör Verwunnern in'e Hänne!

Man de Slottsjumfer is verswunnen. Do meent de Schäper, se hett em ja sachs nich för nix dar henbröcht, un he maakt sin Ranzel up un smitt allens rut, wat dar in is, un denn deit he dar allerhand kostbare Kraam rin, Gold un Keden un Ringen un Eddelsteens, bet dar nix mehr rin geiht. Denn pramst he sik all de Taschen vull un alle Ecken vun sin Tüüg, 'nem man wat ringeiht. Un toletzt dreiht he noch sin Hoot um, nimmt 'n in'e Arm un maakt de uck noch vull. Man dar fallt em de Bloom bi dal. He kann ja nu de Hals gar nich vull kriegen un will ümmer mehr hebben, un sodennig markt he dat nich, dat de Bloom dalfullen is. He ward dat uck nich wies, dat dar in'e Stuuv blangenan en klagen Stimm röppt, he schall dat Beste nich vergeten, he süht blots to un kamen rut mit all de Kraam. De Stimm röppt nochmal för un wahrschuu'n em, man he is so bang', he kunn wat vun all dat Tüügs verleern, he ward al rein tüdelig. He löppt un löppt, he kümmt

127

wedder rut na buten, un achter em geiht dat Lock to, dat ballert man so.

Heel un deel ut'e Puust sett he sik dal un spickeleert, wat de dare Wöör wull to bedüden hebben. Toletzt markt he, he hett de feine Bloom verlaren. He söcht 'n noch, man dat helpt nix. De is weg, un de blifft uck weg.

Dat Soria-Moria-Slott

Dar is mal en Mann we'n un en Fruu, de hebben en Soehn hatt, de heet Hans. Man vun Lütt up an hett de Jung afsluuts nix doon wullt, hett ümmer blots darseten un in'e Asch wöhlt. De Olen hebben em in de Lehr geven bi de een un de anner Meister, man Hans hett dat keen Stä' utholen, na en paar Daag hett he ümmer sin Lehr verlapen, is na Huus gahn un hett sik up'e Füerheerd sett un in de Asch wöhlt. Do kümmt dar mal en Schipper bi sin Öllern, de süht Hans, un do fraagt he em, um he nich hett Lust un fahren to See un kieken sik frömde Länner an. Ja, dar hett Hans grote Lust to, un foorts geiht he mit de Schipper na See.

Nu weet ik nich so recht, wo lang' se al seilt sünd, man upletzt gifft dat en gresige Storm, un as de vörbi is un dat is wedder ruhig, do weeten de Schippslüüd nich mehr, wonem se sünd. Se sünd an en frömde Küst dreven, de kennt keeneen vun se.

Nu weiht dar gar keen Wind, un se moeten dar still liggen, un do fraagt Hans de Schipper, um he nich dörf en beten an Land gahn un kieken sik dar um. He kann dat nich af un liggen ümmerto still un slapen. Um he denn meent, he kann sik vör de Lüüd sehn laten, fraagt de Schipper em, he hett ja anners keen Tüüg as de Plünnen, de he up't Liev drägen deit. Man Hans blifft bi un triffeleert, un upletzt gifft de Schipper em Verlööv. Man Hans mutt em toseggen, dat he wedderkümmt, so draa as dat anfangt un weihn. Denn geiht Hans an Land. Do sünd dar oeverall smucke Feller un Wischen, man vun Minschen is dar nix to sehn. Nich lang', do kümmt dar Wind up, man Hans will geern noch mehr sehn vun't

Land un geiht vörföötsch wieder. Vellicht dröppt he ja doch noch Minschen, denkt he. Na en Tied kümmt he up en grote, breede Weg, de is so glatt un even, dar kann 'n en Ei up langtrulern. Hans geiht nu ümmer wieder de dare Weg lang, un hen to Avend süht he wied vörut en grote Slott schemern. Nu is he de heele Dag lapen un hett ja nix to eten mitnahmen, un he hett gresige Hunger, un jo neeger he na dat Slott kümmt, jo duller föhlt he sik benaut.

As he ankümmt bi dat Slott, do geiht he dar rin un kümmt toeerst in'e Koek, dar brennt en helle Füer up'e Heerd. In'e Koek is allens so smuck un fein, so'n Koek hett he noch nie nich sehn. Dar steiht Geschirr vun Gold un Sülver, man Minschen sünd dar nich. Hans töövt en ganze Tied, man dar kümmt keeneen. Do maakt he en Dör up un kümmt in en grote Stuuv. Do sitt dar en Prinzessin un spinnt an en Rocken. Se verfehrt sik, dat dar en Christenminsch henkamen is, man he schall man foorts sehn un kamen weg, seggt se, anners sluckt de Ries em oever. Dar wahnt en ganz gresige Ries, seggt se, de hett dree Köppe.

Um sienetwegen kann he uck veer hebben, seggt Hans, dat is em eendoont, man sehn will he de Keerl geern mal. Un weggahn deit he nich, seggt he, he hett ja nix Leeges daan. Man eerstmal schall se em wat to eten geven, seggt he, he is verdammig hungerig. As Hans sik denn satt eten hett, do seggt de Prinzessin, he schall man mal versöken un hanteern dat dare Swert, dat hängt dar an'e Wand. Man he kann dat nichmal böhren. Do seggt se, denn schall he man mal en Sluck ut de Buddel nehmen, de hängt dar blangen dat Swert. Dat deit de Ries uck ümmer, wenn he dat Swert bruken will. Do kriggt Hans sik en arige Treck ut'e Buddel, un do kann he dat Swert swunken as nix. So, seggt he, nu schall de Ries man kamen. Un dat duert uck nich lang', do kümmt de Ries ansusen, Hans gau achter de Dör. Höh, seggt de Ries, dat rüükt dar ja so na Minschenfleesch, un stickt de Kopp to de Dör rin. Ja, seggt Hans, dat schall he noch gewahr warrn, un haut em all sin Köppe up eenmal af. Do freut de Prinzessin sik sodennig, se singt un springt, man denn ward se an ehr Süstern denken, un se seggt, wenn dcch ehr Süstern uck man erlöst weern. Wonem de denn sünd, will Hans weeten. Do vertellt se em, de eene ward fasthollen vun en Ries up en Slott, dat liggt söss Mielen vun dar, un de anner is up en Slott, dat liggt noch negen Mielen wieder weg.

Man nu, seggt se, nu schall he ehr eerstmal helpen un kriegen de dare Ries sin Rump dar rut. Ja, dat will Hans noch, he smitt de Rump na buten un maakt binnen allens rein, un denn leven se dar lustig un vergnöögt.

Man de neegste Morrn, dat ward man knapp schummern, do maakt Hans sik up'e Padd. He günnt sik keen Ruh, he löppt un löppt de heele Dag. Man as he denn süht dat Slott vör sik, do ward he doch wedder so'n beten benaut. Dat dare Slott is noch vel smucker as dat eerste, man uck dar is nich een Minsch to sehn. Hans geiht eerst na de Koek, un vun dar liek na de Stuuv rin. De Prinzessin dar binnen verfehrt sik, dat dar en Christenminsch henkamen is. Se weet nich, wo lang' se dar al is, seggt se, un noch nie nich hett se dar en Minsch sehn. Man he schall man leever sehn un kamen weg, seggt se, dar wahnt en Ries, de hett söss Köppe. Nee, seggt Hans, he geiht nich weg, un wenn de anner harr nochmal söss Köppe to. Denn kriggt de Ries em faat un fritt em up bi

131

lebennige Liev, seggt de Prinzessin. Man dat helpt
all nix, Hans will nich wedder weggahn, he is nich
bang vör de Ries. Man to eten un to drinken will he
hebben, he hett so'n gresige Hunger vun de Reis. Ja,
dat kriggt he, so vel as he mag. Denn seggt de Prin-
zessin nochmal, he schall doch man gahn. Nee, seggt
Hans, he geiht nich, he hett ja nix Leeges daan un
mutt nich bang we'n. As Hans nu partuh nich gahn
will, do seggt de Prinzessin, he schall mal versöken
un regeern dat Swert dar an'e Wand, dat bruukt de
Ries ümmer in'e Krieg. Man Hans kann dat Swert
nich bewegen. Do seggt se to em, he schall sik mal en
Sluck kriegen ut'e Buddel, de hängt dar blangenbi,
un as Hans dat daan hett, do kann he dat Swert
swunken as nix.

Nu duert dat nich lang', un de Ries kümmt an. He is
so groot un breet, he mutt sietlangs dörch de Dör
gahn. As he de eerste Kopp rinstickt, do röppt he,
dat rüükt so na Minschenfleesch. Man in't sülve
haut Hans em de Kopp af, un denn uck all de an-
nern. Do freut de Prinzessin sik bannig. Man as se
an ehr Süstern denken ward, do wünscht se, de
schoe'n uck erlöst warrn. Ja, segt Hans, dar is sachs
Raat för un will foorts wedder afste'. Man eerst mutt
he de Prinzessin de Ries sin Rump ruthelpen, un
denn maakt he sik de neegste Morrn wedder up'e
Padd. He hett en lange Reis vör sik, un so geiht un
löppt he umschichtig, dat he man jo to rechter Tied
ankümmt. Bang is he nu gar nich mehr, he geiht liek
dör de Koek na de Stuuv rin. Dar sitt en Prinzessin,
de is so smuck, dat lett sik gar nich seggen. De seggt
jüst so as de beide annern, se hett dar noch keen
Minsch to sehn kregen, so lang' as se bi de Ries is.
Un se seggt, he schall man foorts sehn un hau'n wed-

der af, anners fritt de Ries, de hett negen Köppe, de fritt em lebennig up. Nee, seggt Hans, un harr he noch negen mehr, he will nich gahn. Do gifft de Prinzessin em de Ries sin Swert un lett em sik en Treck ut de Buddel kriegen, dat he dat regeern kann.

Nu duert dat gar nich lang' un de Ries kümmt ansusen, man de is noch vel grötter un breeder as de anner beiden, un he mutt uck sietlangs dörch de Dör. As he de eerste Kopp rinsteken deit, do seggt he jüst so as de annern, dat rüükt dar so na Minschenfleesch. Man in desülve Ogenblick haut Hans em de Kopp af, un denn uck all de anern, man de letzte is bannig taag. De dare Kopp afhau'n, dat is de swaarste Arbeit, de Hans maakt hett, un he meent doch, he hett Knoev.

Nu hett Hans uck de drütte Ries dootmaakt, un do kamen all de Prinzessinnen up dat Slott tohopen, un se sünd so lustig un vergnöögt as noch nie nich in se's Leven. All hebben se Hans leev, un he kann sik man utsöken, wokeen he an leevsten hett, man de jüngste Prinzessin mag em an leevsten lieden. Doch Hans steiht blots dar un lett de Ohren hängen. Do fraagt de jüngste Prinzessin em, warum he so trurig is, um em dat nich gefallt bi se. Doch, seggt Hans, dat gefallt em bannig bi se, se hebben ja nugg to leven un he hett feine Daag. Man he lengt so na Huus, he hett noch Vadder un Mudder an't Leven, de wull he so geern mal weddersehn. Dat lett sik sachs maken, seggen de Prinzessinnen, he schall heel henun t'rüggkamen, wenn he sik man nipp an dat hollen will, wat se em seggen. Ja, dat will he noch. Do geven se em Tüüg, dar süht he in ut as en Königssoehn, un se steken em en Ring an'e Finger, dar kann he sik mit hen- un wedder t'rüggwünschen.

Man se wahrschuen em, he schall de Ring jo nich verleern un nich se's Naams nennen, anners is dat ut mit de heele Herrlichkeit, un he süht se nie nich wedder.

Wenn he nu to Huus weer, seggt Hans, denn wull he sik freu'n, un knapp hett he dat seggt, do is dat al wahr: He steiht upmal vör dat Huus vun sin Vadder un Mudder. Dat is jüst um de Schummertied, un as de Olen sehn so'n feine Herr rinkamen, do verfehrn se sik un maken arig en Bückling. Hans fraagt, um he dar nich kann Nacht blieven. Nee, dat kann he nich, dar sünd se nich up inricht't, se hebben nich düt un dat, 'nem so'n feine Herr mit deent weer. He schall man up't Slott gahn, seggen se – he kann vun dar ja al de Schosteen sehn –, dar hebben se allens. Dar dücht Hans nu gar nix um, he will partuh bi se Nacht blieven, man se blieven darbi, he schall man up't Slott gahn, dar kann he to eten un to drinken kriegen, un se, se koenen em nich mal en Stohl anbeeden. Nee, seggt Hans, up't Slott will he nich, nich vör morrn fröh. Se schoe'n em man dar blieven laten, he kann sik ja up'e Heerd setten. Dar koenen se denn ja nix gegen seggen, un Hans sett sik dal up'e Heerd un geiht bi un wöhlt in'e Asch, so as he dat fröher ümmer daan hett, as he noch to Huus hett de Fuulwust spel't.

Se snacken denn vun allerhand, un Hans vertellt vun düt un dat, un toletzt fraagt he, um se nie nich hebben Kinner hatt. Ja, seggen se, se hebben en Jung hatt, Hans hett de heeten, man de is in de Welt gahn, un se weeten nich, um he noch is an't Leven oder doot. Um *he* dat denn woll nich we'n kunn, seggt Hans. Nee, seggt de Fruu, dat weet se wiss, Hans, de is ümmer so fuul un droehnig we'n, he hett nich dat lüttste beten doon mucht, un denn is he ümmer so plünnig in Tüüg gahn, ut em harr nümmer so'n feine Herr warrn kunnt. Man as se do mal in de Gloot up'e Heerd raakt, un de helle Schien fallt up Hans, do kennt se em wedder.

Ja, röppt se, dat is warraftig ehr Hans, un nu freu'n de beide Olen sik, dat is gar nich to seggen. Un Hans mutt nu vertellen, wodennig em dat gahn hett, un sin Mudder will partuh, he schall rupgahn na't Slott un sik de Deenstdeerns dar wiesen, de hebben ümmer so stolt daan. Sülven löppt se vörut un vertellt se, Hans is na Huus kamen, un nu schoe'n se mal sehn, wat he för'n staatsche Keerl is. He süht ut as en Prinz, seggt se.

Dat ward woll so we'n, seggen de Deerns un smieten de Kopp in'e Nack, he is sachs desülve Lump, de he ümmer we'n is. Man do kümmt Hans rin, un do verfehrn de Deerns sodennig, se laten se's Hemd up'e Heerd – dar sitten se jüst un flöh'n sik – un lopen weg in'e blote Ünnerrock. As se denn t'rüggkamen, do schamen se sik sodennig, se truun sik gar nich un kieken Hans an, 'nem se fröher ümmer so stolt un grootsnutig to we'n sünd. Ja, seggt Hans, se hebben ümmer meent, se weern so fein un smuck, un hebben meent, sowat as se geev dat nich nochmal. Man se schullen man mal de öllste Prinzessin sehn, de he erlöst hett, blangen de sehn se ut as de Veehdeerns. Un de tweete is noch smucker. Man de drütte, dat is sin Bruut, un de is noch smucker as Sünn un Maand. He wull, se weern dar, denn schulln se dat al sehn, seggt Hans. Knapp hett he dat seggt, do stahn de Prinzessinnen vör em. Do ward he heel benaut, denn he ward dar an denken, wat se to em seggt hebben.

135

Up't Slott stellen se nu to to en grote Festeten för de Prinzessinnen, un se maken en grote Stahoi. Man de dree blieven dar nich lang'. Se woe'n na sin Vadder un Mudder gahn, seggen se, un denn woe'n se sik in de Gegend en beten umkieken. Do gahn se weg, un nich wied weg vun't Slott kamen se an en grote Water, dar sünd so vel Fisch in, dat wimmelt man so, man fungen warrn se nie nich. Dicht bi dat Water is en smucke, gröne Barg, dar woe'n de Prinzessinnen sik dalsetten un sik en beten utruhn. De Utsicht oever dat Water gefallt se so guut, seggen se.

Se hebben dar en Tiedlang seten, do röppt de jüngste Prinzessin Hans, se will em en beten lusen, seggt se. Hans leggt sin Kopp up ehr Schoot, un nich lang', do slöppt he. Do treckt de Prinzessin em de Ring vun'e Finger un stickt em dar en anner een för an. Denn seggt se to ehr Süstern, se schoe'n sik an ehr fastholen un se wull, se weern up't Soria-Moria-Slott.

As Hans waak ward un süht, de Prinzessinnen sünd weg, do fangt he an un blarrt un is so trurig, se koenen em gar nich wedder to Ruh kriegen. Wat sin Vadder un Mudder uck doon för un begööschen em un wo dull se em uck beden, he schall bi se blieven, nix kann em holen. He seggt adjüs un meent, se warrn em woll nie nich wedder to Gesicht kriegen. Wenn he de Prinzessinnen nich finnen deit, seggt he, denn so lohnt sik dat för em nich mehr un leven noch länger.

Dreehunnert Daler hett he noch na, de stickt he in'e Tasch un maakt sik darmit up'e Padd. He is en Stück gahn, do bemött he en Mann mit en Perd, dat will he em geern afkopen, un he verhannelt mit em. He wull dat eegentlich gar nich verkopen, seggt de

Mann, man wenn se sik koenen eenig warrn, denn mag dat angahn. Hans fraagt em, wat he dar denn för hebben will. Na, seggt de Mann, vel hett he dar nich för geven un vel is dat uck nich weert, man dat is en gude Perd to'n Rieden. To'n Trecken döggt dat nich so. Man sin Rucksack, seggt he, de kann dat drägen un em uck, wenn he af un to mal afstiegen un en Stück to Foot lopen deit. Do warrn se sik eenig um'e Pries, un as Hans dat Perd kriggt, do leggt he dar sin Rucksack up un geiht un ritt umschichtig.

Hen to Avend kümmt he an en gröne Barg, dar steiht baven up en grote Boom. Do nimmt he sin Rucksack vun't Perd af, lett dat lopen un leggt sik ünner de Boom to slapen. As dat Dag ward, do maakt he sik wedder up'e Weg, denn he hett un hett keen Ruh. De heele Dag geiht un ritt he dör en grote Holt, dar sünd en Masse gröne Placken in, de schemern fein mang de Böme dör. Hans weet al gar nich mehr, wonem he is un 'nem de Weg hengeiht. Man he lett sik keen Tied un ruhen ut, blots wenn he dat Perd fuddert un he sülven up so'n gröne Plack sin Rucksack upmaakt. He geiht un ritt un ritt un geiht, un dat Holt nimmt un nimmt keen Enne.

Man as dat schummern ward de neegste Avend, do süht he, dat ward heller mang de Böme. Oh, denkt he, he wull, he keem na Lüüd, 'nem he sik upwarmen un wat to eten kriegen kunn. Un na en paar Schre' kümmt he an en rummelige lütte Kaat, dar süht he dör de Finsterruten binnen twee ole Lüüd. Se sünd al bannig oold un hebben en heel griese Kopp, so gries as Duven, un de Fruu hett en Näs, de is so lang, de kann se statts en Füerhaak up'e Heerd bruken. Hans dar rin un wünscht gu'n Avend. De Fruu gifft dat t'rügg un fraagt, wodennig he dar denn henkümmt. Dat is mehr as hunnert Jahr, seggt se, dat dar keen Minschenseel henkamen is. Do vertellt Hans de beiden, he will na't Soria-Moria-Slott, un um se nich weeten de Weg darhen. Nee, seggt de Fruu, de weet se nich, man glieks kümmt de Maand, de will se mal fragen, denn de schient ja up allens un süht allens, de mag dat sachs weeten. As de Maand denn hell un klaar oever de Böme steiht, do geiht de Oolsch rut un prahlt rup na em, um he ehr nich kann de Weg na't Soria-Moria-Slott seggen. Nee, seggt de Maand, dat kann he nich. As he in de Gegend schient hett, do hett dar jüst en Wulk vör stahn. Do seggt de Oolsch to Hans, he schall man en beten töven, bald kümmt de Westwind, de schall dat noch weeten, de weiht ja in alle Ecken rin.

Denn ward se Hans sin Perd wies, un do seggt se, he schall 'n doch man en beten in'e Koppel rutlaten, dat 'n nich dar bi de Dör stahn mutt un hungern. Un denn fraagt se em, um he ehr dat nich vertuuschen will. Se hett dar en Paar ole Steveln, seggt se, dar kann he in een Schritt soeven Mielen mit gahn, de will se em geven för sin Perd, denn so kann he vel gauer na't Soria-Moria-Slott kamen. Dat is Hans recht, un de Oolsch freut sik sodennig oever dat Perd, se kriggt rein dat Danzen un Springen. Nu kann se doch, wenn se will, to Kirch rieden, seggt se. Hans hett ja keen Ruh un will foorts afste', man de Oolsch seggt, he schall sik man Tied laten un sik eerst en beten up'e Bank leggen un slapen, en Bett hett se nich för em. Man se will uppassen, wenn de Westwind kümmt.

As Hans en beten slapen hett, do kümmt de Westwind ansusen, dat de Kaat man so knackt. De Oolsch ja rut un röppt em an, um he nich weet de Weg na't

Soria-Moria-Slott, dar is een, seggt se, de will dar geern hen. Ja, seggt de Wind, de Weg kennt he guut, he schall dar jüst hen un drögen dat Tüüg to Hochtied. Wenn he fix to Foot is, denn so kann he mit em reisen. Hans rut. He mutt fix we'n, seggt de Wind, wenn he will mit. Un afste' geiht dat oever Busch un Holt, oever Barg un Slunk, Hans hett rein Mars un kamen mit. Toletzt seggt de Westwind, he kann nu nich mehr mit em reisen, he mutt eerst noch en Stück Dannenholt umrieten, ehrer he kümmt na de Bleek un drögen dat Tüüg. Man Hans schall man wiedergahn an de Barg lang, denn kümmt he na en paar Deerns, de stahn dar un waschen Tüüg, un vun dar is dat nich mehr wied na't Soria-Moria-Slott.

Nich lang', un Hans kümmt na de dare Waschdeerns. Se fragen em, um he nich hett de Westwind sehn, de schall kamen un drögen dat Tüüg to Hochtied. Ja, seggt Hans, de is man blots hen un rieten en Stück Dannenholt um. Dat duert nich lang', seggt he, denn kümmt 'n. Un denn fraagt he na de Weg na't Soria-Moria-Slott. Do wiesen se em t'recht, un as he henkümmt na't Slott, do is dat dar vull vun Minschen un Perde, dat wimmelt man so. Man Hans is so plünnig in Tüüg – he is ja achter de Westwind ranlapen oever Busch un Holt, oever Barg un Slunk – he mag sik gar nich sehn laten, he blifft stahn an'e Kant. Eerst an'e letzte Dag geiht he hen, as de Gäste jüst to Disch gahn. As se nu, as sik dat hört, up de Bruut un de Brüdigam se's Gesundheit drinken, do kümmt de Beker uck na Hans. He drinkt uck up dat Bruutpaar, un denn smitt he de Ring, de de Prinzessin em anstaken hett, as he dar an't Water inslapen weer, de smitt he in de Beker un seggt to de Mundschenk, he schall de Bruut vun em gröten un ehr de Beker bringen.

As de Prinzessin do ehr Ring wies ward, do steiht se foorts up un seggt, wokeen dat woll toeerst verdeent hett un kriegen een vun se to Fruu, de se hett erlöst oder de dar sitt as Brüdigam. De eerste seggen se all, dat is doch klaar, dar gifft dat keen twee Meenen. As Hans dat hört, do smitt he stracks sin Plünnen af un treckt sik an as Brüdigam. As de Prinzessin em do wies ward, do seggt se, ja, dat is de rechte. Un do lett se de anner aftrecken mit en lange Näs un maakt Hochtied mit Hans.